나를
먹어줘

강규희
소설집

동네
문학

차례

길을 잃다

"홀로서기에 성공만 하면 다시 길을 찾을 수 있을 거라
생각했어요. 그래서 나, 정말 최선을 다했단 말이에요."

"네가 못하겠다면, 내가 도와줄까?"

"이영임 씨, 이번 달 고객 만족도 평가 봤어? 1위 했던데."

고객에게 보여줄 제품 카탈로그를 챙기느라 고개를 숙이고 있던 영임은 바로 옆에서 들려온 소리에 몸을 움찔했다. 느닷없는 칭찬에 귓불까지 빨개진 채 "아, 그런가요."하고 말끝을 흐렸다. 감색 슈트 차림의 박종웅 팀장이 습관처럼 뿔테 안경을 추켜올렸다.

"수습 딱지 뗀 지 얼마 됐다고, 제법이야? 요즘 실적 내는 거 보면 무서울 정도라니까."

카탈로그를 양팔로 끌어안고 엉거주춤 선 채로 영임의 시선은 남자의 반질반질한 구두코에 고정되어 있었다. 그런 모습이 칭찬에 익숙하지 않다고 판단한 박 팀장은 만족스러운 듯 미소를 지었다.

"지금처럼만 해요. 상반기 실적에서 우리 지점이 기록 한번 세워 보자고."

마른 체구에 비해 유난히 커다란 남자의 손이 영임의 어깨를 툭툭 두드렸다. 묵직한 손의 무게 때문에 한순간 한쪽 어깨가 아래로 처졌다.

모듈가구 전시장을 가로지르는 영임의 모습은 쫓기는 사람과 닮아있었다. 초조한 걸음 뒤엔 여전히 어깨에 남은 커다란 손의 무게로부터 달아나고 싶다는 조바심이 있었다. 영임의 시선은 박 팀장의 손이 닿았던 어깨를 흘긋했다. 불쾌한 것이 거기 붙어 있기라도 한 것처럼 살짝 미간을 찌푸린 채였다.

병원에 있을 때의 영임은 여러 손들에게 다뤄지고 보살핌 받는 갓난아기의 몸이나 다름없었다. 그처럼 타인의 손길에 온전히 의존해야 하는 생활에 익숙한 영임이었기에 처음 박 팀장이 어깨를 토닥였을 때도 습관적으로 순응적인 태도를 취해 버렸다. 그런 탓에 한 달이나 지난 지금에 와서야 불편하니 그만하시라고 말하기도 애매한 입장이 되었다. 박 팀장의 손은, 어릴 때부터 영임이 익숙하게 몸을 내맡겨 온 손길들과는 분명 다른 종류였다. 어깨에서 떨어지자마자 홀홀 흩어지는 게 아니라 오래도록 들러붙어 남아 있는 끈적한 성질의 어떤 것이었다.

"오래 기다리셨죠? 확인해 보니 말씀하신 소파는 전시 상품이 하나 남아있네요."

기다리던 사십 대 부부의 표정엔 지루한 기색이 완연했다. 영임은 재빨리 잡생각을 털어내며 가져온 카탈로그를 책상 위에 펼쳤다.

버스에서 내려서는 영임의 얼굴에 의외의 것을 본 듯한 표정이 들어섰다. 정류장 기둥에 등을 기대고 선 남자를 발견했던 것이다. 흰 반소매 티셔츠에 슬리퍼를 신은 준상은 집에서 뒹굴다 막 나온 듯 허술한 차림새였지만, 어째선지 표정만은 차갑고 건조했다.

"어쩐 일이에요? 늘 집에만 있던 사람이."

"3분 카레 질렸다 했잖아."

그럼 그렇지. 잠시나마 준상이 자기를 위해 마중 나온 거라고 착각했던 것에 억울한 마음이 들었다. 하지만 영임도 레토르트 음식들엔 질린 참이라 둘은 지하철역 근처에 새로 생긴 카페에 가서 커피와 샌드위치를 테이크아웃 하기로 했다. 초여름에 접어들었지만 저녁이라 그런지 공기는 걷기 딱 좋을 만큼 선선했다. 한껏 부푼 가로수는 마침 불어오는 바람에 우수수 소리를 냈다.

"남자의 입장에서 볼 때 말이에요. 박 팀장님이 자꾸 내 어깨나 등을 토닥이는 것에 대해 어떻게 생각해요?"

영임의 말투에는 어딘가 머뭇거리는 기색이 있었다. 준상은 불쾌한 광경을 목격한 사람처럼 눈빛에 날이 섰다.

"뭘 어떻게 생각해? 누가 봐도 그냥 좆나게 수상한 거지."

"칭찬하거나 격려해 주는 건데도요?"

"칭찬과 격려는 말이나 돈으로 하는 거야. 누구처럼 어깨 주물럭 대면서 하는 게 아니라."

"박 팀장님 그런 사람 아니에요."

토닥인댔지 누가 주물럭댄다고 그랬나. 영임은 입을 삐쭉거렸다. 준상은 아래로 내리깐 눈으로 그런 영임을 빤히 쳐다보았다.

"박 팀장인지 뭔지 그 새끼 너무 믿지 마. 내가 볼 땐 좋은 놈 절대 아냐."

"내가 병원에 오래 있었다고 자꾸 가르치려 드는데요. 병원 생활도 나름 사회생활이거든요? 그 정도 분간도 못 할까."

준상이 하, 하고 헛웃음을 터트렸지만 영임은 박 팀장 정도면 괜찮은 상사 축에 속할 거라며 굽히지 않았다. 그러는 그쪽에게도 좋은 상사가 한 명쯤은 있었을 것 아니냐며 따지는 듯한 물음에 의외로 준상은 "있었지."라고 즉각 대답했다.

"내가 이십 대 초반에는 공사판 잡부로만 떠돌면서 미래가 없는 것처럼 살았거든. 조적팀 들어가서 대장 만나기 전까지는."

조금 전과는 묘하게 달라진 어조에 영임은 곁눈질로 준상의 얼굴을 흘깃했다. 평소 준상의 말투는 지극히 현실적인 데다 냉소적이기까지 해서 그에게도 이런 모습이 있다는 사실 자체가 뜻밖이라고 느껴졌다.

"대장이 나 인간 만들어 보겠다고 고생 많이 했지. 그걸 알면서도 나는 비웃었고. 대장한텐 빚진 게 많아."

"그렇게 빚진 게 많으면 지금부터라도 갚으면 되잖아요?"

"죽었어, 대장. 3년 전에."

돌부리에라도 걸린 것처럼 영임의 구두가 덜커덕 소리를 냈다. 준상은 최근에서야 뉴스 보도를 통해 그때의 추락사고 원인이 노후된 비계의 클램프 파손 때문이란 걸 알게 됐다. 그리고 건축 회사 대표가 그동안 지저분한 방식으로 사업을 확장시켜 왔으며, 비계를 비롯한 안전관리의 책임이 있는 감리 회사의 대표는 다름 아닌 건축 회사 사장의 처남이라는 것도 그때 알았다.

"웃긴 게 뭔지 알아? 그때 그 건축 회사 사장은 징역 1년에 집행유예 2년 받았단 거야. 이럴 때 보면 세상 참 좆같지. 그런 놈들은 여전히 잘 먹고 잘 살 거라는 게."

순식간에 준상은 퉤, 하고 침이라도 뱉을 듯한 평소의 어투로 돌아왔다. 하지만 표정만은 평소보다 훨씬 차갑게 굳어서 찬바람이 그 위에 머무는 듯했다.

커피와 샌드위치가 포장되어 나오기를 기다리는 동안 길바닥에 어느새 저녁 무렵의 어스름이 내려앉았다. 음식을 받아 들고 카페를 나서던 순간 영임의 상체가 크게 요동치더니 손에 들고 있던 커피가 왈칵 쏟아졌다.

"앗!"

영임이 짧게 비명을 지르자 갑자기 나타나 어깨를 부딪친 여자가 옆을 흘깃했다. 이십 대로 보이는 젊은 여자는 영임의 손목과 블라우스에 길게 그려진 갈색 얼룩을 보고도 그냥 지나쳐 갔다.

"저 씨발년이!"

준상은 지하철역을 향해 빠르게 걸음을 옮기는 여자의 뒷모습에 대고 욕을 내뱉었다.

"야, 조용히 뒤따라가자. 에스컬레이터에서 밀어버리게."

영임은 준상의 농담을 받아줄 기분이 아니었다.

"빨리 집에 가야겠어요. 유니폼에 얼룩 남으면 큰일인데."

영임은 샌드위치를 싸고 있던 냅킨으로 블라우스를 문대며 웅얼거렸다.

"아니, 어제 분명히 우리가 구매하겠다고 이 아가씨한테 말했다니까! 그런데 전시용 소파가 이미 팔렸다니, 그게 무슨 말이냐고!"

매장 홀에 남자의 성난 목소리가 쩌렁쩌렁하게 울렸다. 영임은 사십 대 부부의 앞에 연신 허리를 굽히며 "죄송합니다, 죄송합니다."
만 반복했다. 상담 직원들의 걱정 어린 시선과 매장 내 가구를 둘
러보던 손님들의 놀란 시선이 한곳으로 모였다.

"그래서, 어떻게 해결하실 거예요?"

"네?"

허리를 다 펴지도 못한 채 영임은 팔짱 끼고 선 여자를 올려다보
았다. 영임의 이마가 배어 나온 땀으로 번들거렸다. 아까부터 관자
놀이에서 세찬 박동이 느껴져서 눈앞의 상황에 도무지 집중할 수
가 없었다.

"우리가 먼저 구매하기로 한 거니까 계약을 취소하고 우리에게
팔든가, 아니면 새 소파를 할인 가격으로 주든가 해야 할 것 아녜
요?"

영임의 휘둥그런 눈은 차갑고 뾰족한 여자의 얼굴과 불을 뿜을
듯한 남자의 얼굴을 번갈아 쳐다보았다. 그러다 갑자기 헉, 하고
가슴이 막히더니 숨이 쉬어지지 않았다. 가슴 한가운데를 관통하는
흉터를 따라 벼락이 지나간 듯 찌릿한 통증이 일었다. 이대로 쓰러
질지도 모르겠단 생각이 들던 때 눈앞에 익숙한 모양의 반질반질
한 구두 뒤축이 나타났다.

"상담 직원들 간의 의사소통 부재로 피해를 끼쳐드린 점은 죄송
합니다. 하지만 구두 약속보다는 먼저 결제를 하시는 분께 우선권
이 있어서요. 죄송하지만 저희가 도와드릴 방법은 없는 것 같습니
다."

박 팀장의 어조는 친절하지만 단호했다. 내내 기세등등하던 부부

의 얼굴에 당혹스러운 빛이 스쳤다. 그런 억지가 어딨냐며 여자가 언성을 높이자, 지금 억지를 부리는 게 누군데, 하는 수군거림이 주변에서 새어 나왔다.

"회사 방침이라 어쩔 수 없습니다. 죄송합니다, 고객님."

박 팀장은 배웅을 하듯 깍듯하게 허리를 굽혔다.

직원들이 모두 퇴근하자 조금 전까지 반짝반짝 빛을 내던 전시용 가구들 위로 괴괴한 정적이 내려앉았다. 영임은 불이 꺼진 복도에 서서 박 팀장의 사무실 문틈으로 새어 나온 가느다란 빛의 선을 쳐다보고 있었다. "이영임 씨는 퇴근 전에 잠깐 면담 좀 할까?"라고 말할 때의 박 팀장의 군은 얼굴이 떠올랐다. 질책을 당할 거라는 두려움에 떨리는 숨을 감추기 위해 크게 심호흡했다. 노크 소리가 끝나기가 무섭게 문이 벌컥 열리며 박 팀장이 모습을 드러냈다.

"들어와요."

영임은 그가 이끄는 대로 커다란 책상 앞에 놓인 손님용 의자에 앉았다. 무릎 위에 올려놓은 손바닥에서 땀이 배어났다.

"평소엔 잘 대처하면서 아까는 많이 당황했나 봐? 표정이 너무 안 좋던데. 영임 씨 잘못 아닌 거 다들 아니까 그 일은 너무 마음에 담아두지 마요."

목소리의 온도가 따뜻해서 영임의 눈동자엔 순간 반들반들 윤이 났다. 이것 봐, 좋은 사람 맞잖아. 옆에 준상이 있었더라면 이렇게 외쳤을지도 몰랐다. 다리의 긴장이 풀리며 가볍게 후들거렸다.

"도와주셔서 정말 감사했어요. 앞으로는 그런 일 생기지 않도록 더 신경 쓰겠습니다."

"감사하기는, 직원이 곤란할 때 나서라고 있는 게 팀장인 걸. 영임 씨는 충분히 잘하고 있으니까 꾸준히, 지금처럼만 해줘요. 알았지?"

책상에 가볍게 걸터앉았던 박 팀장이 몸을 일으키더니 슬며시 영임의 뒤로 돌아갔다. 그의 손이 또다시 어깨를 툭툭 두드렸지만 영임은 명치 끝에서 올라오는 거부감을 애써 억눌렀다. 상사가 부하 직원을 격려하는 건 전혀 이상한 게 아니야. 이처럼 좋은 사람을 오해해선 안 된다며 일렁이려는 마음을 다잡았다. 박 팀장의 나직한 목소리가 목덜미의 곡선을 따라 넘어왔다.

"일하다 보면 이런 일들은 왕왕 생겨요. 앞으론 내가 많이 도와줄게."

흠칫, 그 순간 심장이 철렁하며 머릿속이 하얗게 변했다. 어깨를 토닥이던 박 팀장의 손이 잠시 망설이는 기색이더니 천천히 어깨를 주무르기 시작했던 것이다.

숨이 멈추고 사무실 안은 어색한 침묵으로 가득 찼다. 모든 사물이 얼어붙은 가운데서 박 팀장의 손만 느릿하게 움직였다. 손은 어깨에서 팔로, 목덜미로 천천히 영역을 넓혀갔다. 영임은 그렇게 하면 새빨개진 얼굴을 감출 수 있을 것처럼 바짝 어깨를 움츠렸다. 숨 막힐 듯한 공기 속에서, 이건 그냥 마사지일 뿐이라며, 필사적으로 이 상황을 이해해 보려 애썼다. 그만하시라고 말하면 과민반응일까? 오싹 소름이 돋을 만큼 영임의 모든 의식은 목덜미에 집중되었다. 하나로 묶어 틀어 올린 머리 때문에 자신의 목덜미가 박 팀장에게 훤히 드러나 있기 때문이었다. 준상이 박 팀장에 대해 경고하던 말들이 영임의 머릿속에 강하게 맴돌았다.

'그 새끼 조심해. 내가 봤을 땐, 절대 좋은 놈 아니야.'

준상이 얘기했던 게 바로 이런 거였을까?

두 사람은 주차장으로 연결되는 매장 뒷문으로 나왔다. 인적이 드문 길가에 붙어있는 텅 빈 주차장엔 박 팀장의 차만 남아있었다. 매장 문이 잠기며 보안키가 작동되는 신호음이 울렸지만, 소리는 영임의 인식 언저리에서 멈춰 섰다. 어깨와 목덜미에 진득하게 남은 손바닥의 감촉에서 달아나고 싶다는 단순한 욕구만이 머릿속에 가득 차 있었다.

"영임 씨 집이 어디였죠? 내가 데려다줄게."

영임은 조금 전 사무실에서 있었던 일로 생각이 뒤엉킨 상태라 박 팀장의 말을 제대로 듣지 못했다. 가도 좋다는 말로 잘못 알아들은 영임은 고개를 꾸벅 숙인 후 횡단보도를 향해 걸음을 뗐다. 2차선 도로 건너편에 있는 버스정류장으로 가려는 거였다. 박 팀장은 그런 영임에게 다가가 자연스럽게 어깨에 팔을 둘렀다.

"어딜 가요? 내 차로 같이 가자니깐."

강하게 상체가 끌어당겨지는 느낌에 영임의 정신은 소스라치며 깨어났다. 그 순간 영임은 방금 전 사무실에서의 사소한 사건, 즉 어깨에 놓인 손을 뿌리치지 못했다는 행동이 무얼 의미하는지 직관적으로 깨달았다. 그건 바로 선이었다. 박 팀장과 영임 사이에 놓인 견고한 경계선. 거기까지의 모든 것을 허용하겠다는 암묵적인 동의. 갑자기 주변에 아무도 없다는 사실에 생각이 미치더니 가슴이 선득해졌다.

"아, 아니에요! 전 따로 데리러 올 사람이 있어서…."

"혼자 버스 타고 가는 거 다 알고 있는데 무슨 소리야?"

박 팀장의 목소리는 평소처럼 부드러웠지만 올가미 같은 팔의 굴레에서 벗어나기는 쉽지 않았다. 영임의 입에서 누가 좀 도와달라는 비명이 터져 나오려고 했다. 하지만 인적 없는 저녁 무렵의 거리에는 차가 지나가는 소리만 드문드문 들려왔다.

"정말이에요! 곧 저기 정류장에 누가 절 데리러 올…!"

다급히 길 건너 버스 정류장 쪽을 가리키던 영임의 손가락이 허공에서 굳었다. 영임은 순간 자기가 헛것을 보고 있나 했다. 손가락의 끝이 닿은 지점에 낯익은 형상이 장승처럼 우뚝 서 있었다. 준상이 똑바로 이쪽을 바라보고 있었다. 멀리 있기 때문인지 그의 형상은 살아있는 사람이라기보다 생명이 없는 사물과 더 닮아있었다. 그는 정류장과 가로등 사이에 서서 그것들과 매한가지인 것처럼 미동조차 없었다.

"저기 있잖아요. 저 남자가 바로 절 데리러 온 사람이에요!"

영임이 가리키는 곳을 보자마자 박 팀장의 눈빛이 돌변했다. 준상으로 인해 빈틈이 생긴 덕분에 간신히 그의 팔에서 벗어날 수 있었다. 영임은 박 팀장을 덩그러니 경계선 위에 세워두고는 버스 정류장을 향해 달려갔다. 집요하게 뒤통수에 따라붙는 시선이 마치 바늘로 찌르는 듯했다.

"거 봐, 내 그럴 줄 알았다니까."

이런 반응을 보고 싶지 않아서 얘기 안 하려고 했는데. 영임은 버스가 떠나며 내는 요란한 배기음을 한쪽 귀로 들으면서 준상보다 앞서 걷기 시작했다.

"그래도 덕분에 살았어요. 오늘 그쪽이 나타나지 않았더라면 어떻게 됐을까, 생각만 해도 아찔하네요."

"너 말이야, 그놈이 자꾸 툭툭 건드리는 데도 가만히 있으면 어떡해?"

영임이 입을 꾹 다물자 입꼬리가 아래로 늘어뜨려졌다. 지금 자기가 발을 딛는 땅이 단단한 보도블록으로 된 게 아니라 발이 푹푹 빠지는 모래사장인 것만 같았다.

"네가 그렇게 계속 참아주면 그놈들은 점점 더 한단 말이야. 예전에 우리 팀이 공사 하자 다 덮어쓰고 소송당할 뻔한 적 있거든. 알고 보니 빌어먹을 현장 소장이 우리 대장에게 덤터기 씌울 작정으로 꼼수를 썼던 거더라고. 그중 제일 만만했던 거야."

그 길로 준상은 죽여버리겠단 생각으로 현장소장에게 달려갔다고 했다. 그땐 정말 진심이어서 옆에서 대장이 말리지 않았더라면 벽돌로 내리쳤을 거란 얘기에 영임은 눈을 크게 떴다.

"그런다고 뭐가 해결되나요? 차라리 신고를 하지."

"순진한 소리하네. 법대로 해서 될 거였으면 진작 그리했지."

하긴, 지금 내 문제도 법대로 해서 해결될 문제는 아니구나. 영임은 따로 의식하지 않아도 일정한 속도로 내딛는 자기 발을 내려다보았다. 무언가 규칙적인 것들이 절실했다. 그러지 않으면 발밑이 흔들릴 거란 예감에 두려워졌다. 준상의 말을 듣다 보면, 자신이

지금껏 정상이라고 알고 있던 것이 산산이 부서질지도 모른단 느
낌이 들었다.

"그런 놈들은 스스로는 절대 안 바뀌어. 내가 너였으면 벌써 박
팀장, 그 얌생이 같은 새끼 대가리에 뭐라도 던졌다."

그런 말들은 전혀 도움이 되지 않았다. 도움은커녕 내일도 출근해
야 한다는 현실을 더욱 암담하게 만들 뿐이었다. 박 팀장 얼굴을
다시 볼 생각만 하면 그냥 모든 걸 내던지고 도망치고 싶다는 충
동만 들었다. 갑자기 아이스커피 한 잔이 간절해진 영임은 혀로 입
술을 축였다. 오늘따라 왜 이리 후덥지근하고 속이 갑갑할까 하는
생각 끝에 그제야 유니폼 재킷을 사물함에 벗어두는 걸 깜빡하고
그대로 입고 온 걸 깨달았다. 목에서 길고 뜨뜻한 한숨이 새어 나
왔다.

"내가 왜 독립하고 싶다고 말했을까요. 하고 싶은 건 정말 많았는
데."

바닥을 보고 걷던 영임이 시선을 들어 멍하니 먼 곳을 응시했다.
영임은 3년 전 자신에게 찾아왔던 커다란 행운과 그 너머에 존재
하던 까마득한 낭떠러지를 떠올렸다.

행운은 예측할 수 있었다. 아주 어릴 때부터, 몸속에서 가장 중요
한 장기 중 하나가 불완전하다는 걸 알았을 때부터 영임이 꿈꿀
수 있는 행운은 단 하나였기 때문이다. 다른 아이들에겐 당연한 일
들이, 이를테면 매일 학교에 다닌다든지 체육 수업에 빠지지 않는
다든지 하는 평범한 것들이, 자신에게는 당연한 게 아님을 깨달았
을 때부터 영임은 꿈꿔왔다. 살고 싶다는 것, 그것만이 선명하고

간절한 단 하나의 목표였다. 살아남기만 하면 무엇이든 다 할 수 있을 것 같았다. 심장의 기능이 머지않아 멈추리란 것을, 죽음이 옷소매를 끌어당길 준비를 마쳤다는 걸 알고 있을 때조차도 꿈꾸기를 멈추지 않았다. 그래서 공여자가 나타나고, 백 분의 일에 가까운 확률로 행운의 주인공이 되었을 때, 영임은 날 듯이 기뻤지만 놀라진 않았다.

영임이 예상하지 못한 것은 그 다음에 왔다. 한계 없는 기쁨과 감사로 충만해서 깨어있는 모든 순간 희열에 차 있던 시간들은 생각보다 일찍 끝나버렸다. 오랜 세월 동안 영임은 살고 싶다는 욕망 하나에 매달렸지만, 그 욕망이 너무나도 강렬했기 때문일까. 막상 죽음에서 벗어나자 목표를 잃은 것 같은 깊은 허탈감이 찾아왔다. 낭떠러지를 마주한 기분. 영원히 채워질 수 없을 것만 같은 공허함. 마치 길을 잃은, 아니, 길이 뚝 끊겨버린 기분이었다.

"저 말이에요, 태어나서 한 번도 바닷물에 들어가 본 적 없어요. 너무 차가워서 심장에 무리 갈까 봐요."

차라리 바다 수영을 배워보고 싶다고 말할 걸. 영임은 아까 만난 사십 대 부부와 차가운 바닷물 중에 어느 쪽이 더 위험할까 하는 궁금증이 잠깐 일었다.

"수술이 성공하고 나면 온갖 것들을 다 해보고 싶었어요. 먹고픈 거, 보고픈 거, 가고 싶은 곳, 그동안 할 수 없었던 수많은 것들. 그런데 막상 그 시간이 오니깐 겁나서 못 하겠는 거예요. 진짜 괜찮을까? 정말 해도 되는 걸까? 뭘 해야 할지 모르겠더라고요."

무얼 하고 싶냐는 물음에 독립하겠다고 했던 건 자신에 대한 확신이 필요했기 때문이었다. 이제는 무엇이든 할 수 있다는 명료한 확신. 영임은 진심으로 과거에 묶여있는 자신의 모습에서 벗어나고 싶었다.

"홀로서기에 성공만 하면 다시 길을 찾을 수 있을 거라 생각했어요. 그래서 나, 정말 최선을 다했단 말이에요."

줄곧 말을 하며 걸은 탓에 영임의 호흡은 살짝 거칠어져 있었다. 새빨간 노을이 길바닥까지 물들여서 둘의 모습은 빨간색 파도 위를 걷는 것처럼 보였다.

"네가 못하겠다면, 내가 도와줄까?"

무의식중에 영임은 준상을 올려다보았다. 해를 등지고 선 그의 얼굴엔 그늘이 드리워서 표정을 읽어내기 힘들었다. 하지만 묘하게도 눈빛만은 선명했다. 흐트러진 머리카락 아래 준상의 눈빛은 불꽃이 튀는 듯도 하고, 빙하처럼 고요한 것도 같았다.

"박종웅 팀장님요? 그쪽이 절 어떻게 도와줘요?"

"뭐 어때? 솔직해져도 돼. 누구나 죽이고 싶은 새끼 하나쯤은 마음속에 품고 있잖아."

준상의 입에서 튀어나온 말에 사방으로 흩어 놓았던 영임의 의식이 또렷하게 그에게로 향했다. 이상했다. 준상이 충고랍시고 하는 말들은 거의 매번 무시하거나 반박해 왔는데, 죽이고 싶은 새끼, 이 말만은 강렬하게 영임의 머릿속을 휘감았다.

"죽이고 싶다뇨. 전 그런 사람 없는데, 그쪽은 있나 보죠?"

"다 모아놓으면 1톤 트럭은 너끈히 채울걸? 그중 한 놈은 이젠 없지만."

"설마, 진짜 죽였어요?"

물론 영임이 대답을 기대한 것은 아니었지만, 준상은 긍정도 부정도 하지 않은 채 슬그머니 미소만 지었다. 영임은 그의 미소가 무슨 의미인지 알기 어렵다는 생각이 들었다. 새빨갛게 물들었던 사위는 삽시간에 무거운 청회색으로 변해갔다. 문득 이 공기가 낯익다는 생각이 들고, 그러다 블라우스에 길게 그려졌던 커피 얼룩이 떠올랐고, 지하철역 에스컬레이터가 연상되었다. 저 씨발년이. 낮게 깔린 준상의 목소리가 기억나자마자 갑자기 심장이 달음박질을 시작하려는 듯 빠르고 조용하게 뛰었다.

죽이고 싶은 새끼.

"응? 뭐라고?"

영임은 순식간에 현실로 돌아왔다. 같은 상담 직원인 금영과 민정의 눈이 자신에게 고정되어 있었다. 심장이 철렁했다. 아주 나쁜 짓을 하다 들켰을 때처럼 크게 출렁였다. 마음이 크게 출렁였던 가장 큰 이유는 자신에게 있지만 그 후의 파동은 시선 때문이었다. 마치 적군을 바라보는 듯한 시선이었다.

"그러고 보면 요즘 박 팀장님이 유독 영임 씨를 챙기는 것 같더라."

"혹시 두 사람…?"하고 말끝을 흐리는 금영의 어조엔 방금 전까지와 달리 묘하게 비틀린 구석이 있었다. 아니에요, 절대 그런 거 아니에요, 할 수만 있다면 두 손을 휘저으며 강하게 부정하고 싶었다. 하지만 생각과 달리 영임은 두 사람을 번갈아 쳐다보며 눈만 굴렸다. 이어 금영은 "농담인 거 알지? 우리 영임 씨가 친절하고 일도 잘하니까 그렇지. 내가 상사라도 이뻐했을 거야."라고 말하며 친근하게 웃었다. 찰나의 긴장이 풀어지고 "부러워요 영임 씨." 민정이 웃으며 영임의 팔을 가볍게 잡았다 놓았다. 영임은 어색하게 따라 웃었지만 심장이 서늘한 느낌은 좀처럼 사라지지 않았다.

 아니라고 말했어야 했어. 설령 예민하게 반응하는 걸로 비칠지라도 그 상황에선 강력하게 아니라고 말했어야 했다며 뒤늦게 후회가 밀려왔다. 영임은 매장 한쪽 구석에 있는 내부 계단을 오르는 내내 그 생각에 사로잡혀 있었다. 영임이 단순한 호의로만 여겨왔던 그간 박 팀장의 행동들, 그가 타 준 커피, 그의 칭찬 한 마디, 격려차 어깨를 토닥이는 손, 그리고 영임이 까다로운 고객을 상대할 때마다 근처에서 지켜보던 그의 시선, 사소한 모든 것들의 의미가 빠른 속도로 변질되어 가는 걸 느꼈다. 영임은 조금 전 마치 적군을 보는 듯하던 동료들의 시선을 떠올렸다. 어쩌면 영임을 향한 박 팀장의 배려들을 모종의 사심으로 느낀 것은 자신보다 그들이 먼저였을지도 모른다는 생각이 들었다.

 하지만 그날의 어깨를 주무르는 손, 단 한 번의 묵인으로 영임은 거부할 권리조차 잃었다. 언제까지고 박 팀장을 피해 다닐 수만은 없었다. 영임은 2층 모듈가구 전시장으로 통하는 계단을 오르면서 어떻게 하면 이걸 해결할 수 있을까 하는 생각에 빠져있었다. 그곳에서, 마주 내려오던 박 팀장과 정면으로 마주쳤다.

 계단 중간에서 영임은 걸음을 멈춰 섰다. 온몸의 털이 쭈뼛 곤두서는 걸 느끼며 박 팀장이 다가오는 모습에서 눈을 떼지 않았다.

계단 근처에 아무도 없다는 걸 의식한 직후에는 가슴 한가운데에 서늘한 바람이 지나갔다.

"그날, 집엔 잘 들어갔어요?"

박 팀장의 한쪽 입꼬리가 위를 향해 비틀려 있었다. 영임은 이대로 몸을 돌려 계단을 달려 내려가고 싶은 충동을 억눌렀다. 이러지도 저러지도 못하고 서 있는 사이 두 사람은 어느새 같은 단에 서 있게 되었다.

"이번 주 금요일에 회식 있는 거 알죠? 설마 또 누가 데리러 와서 못 온다고 할 건가?"

또다시 남자의 손이 등에 와 닿았다. 목덜미에서 시작한 손바닥의 끈적한 감촉이 등줄기를 따라 내려와 허리에까지 닿았다. 손이 지나가는 길을 따라 삐죽한 소름이 가시처럼 돋쳤다. 영임은 약해지려는 마음을 단단히 붙잡았다.

"그만 좀 하세요!"

처음으로 새된 비명을 내질렀다. 마침 계단 아래쪽을 지나가던 직원 두 명이 영임이 내지른 소리에 놀라 위를 올려다보았다. 걸음을 멈춘 둘은 무슨 상황인지 확인하러 올라가 봐야 하는지 고민하며 잠시 머뭇거렸다. 그 순간 영임의 머릿속에 이게 모든 걸 바로잡을 기회라는 생각이 스쳤다. 자신이 새로운 경계선을 그을 수 있는 기회. 이번에야말로 분명하게 크고 높은 벽을 세워야지. 다시는 넘을 생각을 하지 못하도록! 두려워서 심장은 터질 것처럼 쿵쾅거렸지만, 동시에 기대가 부푸는 걸 느끼며 기다렸다. 예상대로라면, 자신의 반응에 뜨끔하고 당황한 박 팀장이 이내 사과하게 될 것이었다.

"아니, 영임 씨 갑자기 왜 그래요? 그냥 회식에 참석할 수 있냐고 물은 것뿐이잖아요."

박 팀장은 정말 아무것도 모르는 사람처럼 눈을 크게 떴다. 영임의 머릿속이 새하얗게 텅 비었다. 팔과 다리에 힘이 빠지며 후들거렸다.

"영임 씨 요즘 좀 예민한 것 같아. 자꾸 고객들한테 실수하는 것도 그렇고."

오히려 다정한 목소리로 걱정스럽게 말하는 그를 보며 영임은 발밑의 계단이 사라지는 것 같았다. 확신했다고 생각할 때마다 매번 확신은 산산조각으로 부서졌다. 위를 올려다보던 두 직원은 상황을 이해했다는 표정으로 다시 대화를 이어가며 사라졌다.

"그럼 회식 때 봐요."

박 팀장의 상체가 영임을 향해 기울여졌다. 그의 입이 귀에 바짝 가까워졌다.

"많이 힘들면 언제든, 나한테, 얘기해요. 알았지?"

박 팀장이 특별히 힘주어 강조한 '나한테', 이 말이 가슴 한가운데에 콱 박혔다. 나지막한 귓속말은 그가 쳐둔 덫에 아직도 영임의 한쪽 발이 걸려있음을 분명하게 가르쳐주었다. 여기서 무너지는 모습을 보이면 안 돼. 영임은 이대로 포기하고 주저앉으면 한낱 손쉬운 사냥감으로 전락하고 말 거란 걸 본능적으로 느꼈다. 그렇기에 남은 힘을 모두 짜내어 꼿꼿이 서서 버티는 것에만 집중했다. 생각을 멈추고, 대신 후들거리는 다리를 부여잡았다.

영임이 할 수 있는 저항이 고작 버티고 서 있는 것에 불과하단 걸 안 박 팀장은 만족한 표정으로 걸음을 옮겼다. 두 사람이 서로를 스쳐 가는 순간, 박 팀장이 비웃음을 머금고 지나치던 그 순간, 영임은 재빨리 몸을 돌려 그를 힘껏 떠밀어 버리고 싶은 강렬한 충동에 휩싸였다.

죽이고 싶은 새끼!

아찔한 현기증이 일어 계단 옆의 난간을 붙잡았다. 자신이 그런 끔찍한 상상을 했다는 사실에 적잖은 충격을 받은 상태였다. 아무것도 눈치채지 못한 박 팀장은 빠른 속도로 계단을 내려가 1층 안내데스크 쪽으로 사라졌다.

나답지 않아. 지금이라도 직장을 그만두고 부모님이 계신 집으로 돌아가고 싶은 마음이 간절해졌다. 누군가에게 도움을 요청하고 싶었다. 하지만 곧바로, 여길 그만두게 되면 또 다른 곳에서는 일할 수 있을까 하는 의심이 발목을 붙잡았다. 이것조차 제대로 해내지 못한다면, 다른 것들 역시 마찬가지일 터였다. 그렇다면 새로운 삶을 얻은 게 무슨 소용이 있을까. 아무것도 할 수 없던 과거와 다를 바 없는데.

영임은 한참 만에 계단 꼭대기에 올라섰다. 난간을 붙잡고 까마득한 아래를 내려다보며 추락하고 있다는 느낌을 받았다. 새로운 삶이 시작되었지만 영임은 여전히 아무것도 못하던 때의 무력한 상태 그대로였다. 혼자 힘으로도 설 수 있다는 확신이 필요했었다. 그리고 한때는 그게 가능하리라는 희망을 품기도 했었다. 하지만 지금 영임은 힘겹게 쌓아 올린 무언가가 조금씩 무너지는 소리를 듣고 있었다.

심장 위로 검푸른 파도가 덮쳤다. 얼어붙을 듯한 서늘함이 가슴을 쓸어내리고, 이내 싸아 소리를 내며 터지는 흰 물거품이 생생히 그려졌다. 영임은 자기도 모르게 몸을 떨었다. 한순간에 덮친 한기는 불안감과 비슷했다. 내가, 내가 아닌 것 같아. 바닥으로 고꾸라지는듯한 아찔함을 느끼며 영임이 중얼거렸다. 불현듯 지금의 이 삶 자체가 남의 것인 양 낯설어졌다.

하고 싶은 거 많았다며. 준상의 목소리가 바로 옆에서 들리듯 생생했다. 이미 차갑게 얼어붙은 영임에게 연이어 파도가 밀려와, 덮쳤다.

"네가 못하겠다면, 내가 도와줄까?"

난간 너머로 머리를 내밀고 있던 영임은 반사적으로 홱 고개를 돌렸다. 하지만 막다른 골목 끝에 도달한 것처럼 거기엔 캄캄한 벽 말고는 아무것도 없었다.

불판에서 피어오르는 회백색 연기가 매캐하게 코를 찌르고는 허공에서 흩어졌다. 형광등 불빛은 부옇게 번졌고 주변은 왁자한 소음으로 가득 차 있었다. 계단에서 마주쳤던 날 이후로 박 팀장과 영임 사이엔 사막처럼 삭막한 공기가 흘렀다. 영임의 시선은 철판 위에서 회색으로 바뀌어 가는 고기 위에 줄곧 고정되어 있었다.

"수고했어요, 영임 씨. 자, 한 잔 받아요."

이어 지점장은 "받기만 하고 마시지 않아도 돼요."라고 덧붙였지만 빤히 바라보는 기대에 찬 눈빛은 어서 빨리 들이키라고 권하는 것 같았다. 잔을 들고 어쩔 줄 몰라하던 영임은 결국 고개를 반대로 돌려 술잔을 비웠다.

사실 영임은 어떤 핑계를 대서라도 회식에서 빠지고 싶었다. 하지만 이날의 회식은 영임이 있는 지점이 전국에서 판매실적 1위를 달성한 것에 대한 포상 개념으로 지점장이 특별히 마련한 자리인 데다, 무엇보다 고객 만족도 평가에서 가장 높은 점수를 받은 직원이 바로 영임이었기에 도저히 빠져나올 수 없었다. 박 팀장의 옆자리에 불편한 자세로 앉은 영임은 테이블 아래로 계속 발을 꼼지락거렸다. 칭찬을 듣는 자리가 아니라 벌을 받고 있는 것 같았다.

좌탁을 가로로 길게 이어 붙인 단체석 위로 술기운이 돌면서 사람들 간에 대화들이 느슨해졌다. 바닥을 짚고 있던 박 팀장의 왼손이 슬그머니 가까워지더니 영임의 허벅지 위에 놓였다. 불판 위의 고기를 뒤집는 데만 집중하고 있던 영임은 흠칫, 소스라치며 어깨를 움츠렸다. 곁눈질로 옆을 흘깃했지만 손의 주인은 여전히 지점장과의 대화에 열중한 것처럼 보였다. 취기가 오른 얼굴로 지점장이 가볍게 농담을 던지자 박 팀장은 박장대소했다. 한층 가까워진 남자의 입에서 고기 냄새와 소주 냄새가 뒤섞인 채 흘러나왔다.

영임은 머리 꼭대기에서 새빨간 열기가 한 줄기 나풀거리며 이는 걸 느꼈다. 지금 이 새끼가 뭐 하는 거지? 영임의 머릿속에서 준상의 목소리로 대사가 들렸다. 마치 잘 갈린 날붙이처럼 서슬 퍼런 기운이 서려 있었다. 심장이 폭발 직전의 분화구처럼 요동쳤다. 모든 신경이 허벅지 위에 놓인 손에 집중되었다. 허벅지의 맨살이 더는 버텨내지 못하고 남자의 손아귀 아래에서 움찔거렸다. 그러자 뜨끈한 손은 좀 더 분명한 의도를 품고 움직였다. 더 힘이 실렸지만, 더 은밀해졌다.

"하, 씨발⋯⋯."

영임의 입에서 뜻밖의 말이 튀어나왔다. 테이블 아래에서 영임의 허벅지 위에 놓였던 손이 움직임을 멈췄다. 맞은편에선 건배를 제안하려던 지점장의 소주잔이 그대로 공중에 덜컥 걸렸다.

"⋯뭐?"

"씨발 새끼야, 손 떼라고!"

휘둥그렇게 뜬 눈들이 일제히 영임에게 날아와 꽂혔다. 왁자하던 고기 테이블 위에 잠시 정적이 지나갔다. 그제야 영임은 정신이 번쩍 들었다. 방금 잠에서 깨어난 듯 눈앞의 상황이 낯설었다. 모두의 침묵과 모두의 시선이 오롯이 자신에게 향해 있었지만, 도통 그 이유를 알 수 없었다. 도움을 청하듯 영임의 시선이 차례로 친한 동료들에게로 향했다. 금영 언니? 민정씨? 대체 무슨 일이 있었던 거예요? 몇몇은 입을 벌린 채 그대로 굳었고, 나머지는 영임을 힐끔거리기 시작했다. 영임과 가장 먼 곳의 테이블에서부터 쑥덕거리는 소리가 번졌다.

그 순간 조금 전 자신의 목소리로 내뱉어졌던 '씨발 새끼야.'가 쟁쟁하게 영임의 귀에 울렸다. 영임은 까마득한 절벽에서 발을 헛디딘 것처럼 휘청였다. 그게 내가 한 말이라고? 점점 새빨갛게 변해가는 박 팀장의 얼굴과 건조한 준상의 눈빛이 머릿속에서 어지럽게 뒤엉켰다.

"바, 박 팀장님, 제가 시, 실수로⋯."

그때 영임의 시선이 고깃집 유리문 너머로 날아가 화살처럼 꽂혔다. 익숙한 얼굴이 거기에 있었다. 준상이었다. 무표정을 넘어 얼음처럼 굳어진 얼굴이 낯설고 무섭게 느껴질 정도였다. 어떻게 그가 여기에 와 있는 걸까. 유령같이 서늘한 준상의 표정은 영임이 눈을 깜박이는 것과 동시에, 웃는 얼굴로 바뀌고, 다음 순간엔 모습 자체가 사라졌다. 가슴이 조여들며 영임의 호흡은 점점 더 얕고 불규칙해졌다.

"이영임 씨, 잠깐만 밖으로 나와보실래요?"

박 팀장의 목소리엔 싸늘한 냉기가 도사리고 있었다. 하지만 뿔테 안경 너머 그의 눈빛은 살벌한 기세로 이글거렸다. 등에서 식은땀이 배어 나와 유니폼 속의 블라우스가 땀으로 흥건해졌다.

고깃집 뒤편에 딸린 주차장은 인적 하나 없이 어두컴컴했다. 식당 주방 창문에서 새어 나온 빛이 두 사람의 얼굴에 흑백에 가까운 음영을 만들었다. 영임의 불안한 시선은 자꾸만 어둑한 주차장 구석을 훑었다. 조금 전에 나타났다 홀연히 사라진 준상의 행방이 신경 쓰였다.

"이영임 씨, 제정신이에요? 지점장님 앞에서 무슨 소릴 한 거예요? 뭐, 씨발?"

박 팀장은 '씨발'을 발음할 땐 길게 빼서 끝을 날카롭게 올렸다. 주차장은 실외인 데다 제법 넓었지만, 영임은 좁은 실내에 갇힌 것처럼 갑갑함을 느꼈다.

"팀장님, 제가 빈속에 너무 빨리 마시는 바람에…."

"내가 그동안 영임 씨 얼마나 많이 커버 쳐줬어요? 그런데 은혜도 모르고 말이야. 영임 씨가 뭐, 진짜로 일을 잘해서 내가 그동안 좋게 봐준 줄 알아?"

영임은 그 말을 듣는 순간 얼음물을 머리부터 뒤집어쓴 것처럼 굳어버렸다. 그가 무슨 말을 하는 건지 이해가 가지 않았다. 벌겋게 달아오른 박 팀장의 얼굴은 영임이 알고 있는 평소 그의 얼굴과 전혀 달랐다. 같은 사람이라고는 상상 못할 만큼 다른 모습을 하고 있었다. 영임은 맨몸뚱이로 추위 속에 내던져진 것처럼 떨기 시작했다. 한기가 밀려온 것과 동시에 귓가에서 싸아 파도치는 소리가 들려왔다. 모래톱을 긁어대며 금방이라도 머리 위로 덮쳐올 듯 나지막이 으르렁거렸다.

"왜, 또 아까처럼 씨발이라고 해봐요. 어? 어?"

박 팀장이 손가락을 들어 영임의 어깻죽지를 쿡쿡 찔렀다. 어찌나 세게 찔렀던지 몸이 뒤로 휘청이며 밀렸다. 구두 굽이 바닥에 부딪혀 또각거렸다. 차가워질 대로 차가워져서 감각이 사라진 팔은 조종하는 실이 끊어진 인형처럼 흔들렸다. 무력한 상태에 빠져버린 영임은 조그마한 어린아이로 돌아간 것처럼 느꼈다. 이런 상황에서 어떻게 행동해야 하는지 가르쳐 준 사람은 아무도 없었다.

"하, 어이가 없어서. 야, 여태껏 너도 좋아서 가만히 있었으면서 이제 와서 왜 이래?"

사납게 영임을 몰아붙이던 박 팀장의 시선이 순간적으로 아래로 내려갔다 다시 돌아왔다. 잠깐이었지만 그의 눈길이 어디에 닿았는지를 영임은 읽어냈다. 남자의 눈동자 속엔 한 움큼의 욕망이 담겨 있었다. 허벅지에 남은 불쾌한 감촉이 끈덕지게 살 속으로 파고들었다.

그의 말대로 내가 잘못한 걸까? 대체 뭘 잘못한 걸까? 내가 좋아했다니, 왜 그렇게 생각하게 된 걸까? 그저 어쩔 줄 몰라 가만히 있었을 뿐인데, 그게 그렇게 해석되어 버리다니. 내가 허락해서 그랬던 거라고 일방적으로 말해버리면, 그럼 이게 전부 내 잘못이 되어버리는 걸까?

영임의 마음속에서 찰칵, 하는 소리와 함께 빗장이 완전히 풀렸다. 모든 것들이 거짓말처럼 원점으로 돌아갔다. 영임은 살아남는 것만이 유일한 목표였던 어린아이로 돌아갔고, 조심스레 쌓아 올렸던 확신은 돌멩이 하나 남기지 않고 무너졌다. 그런 영임을 지켜보던 박 팀장의 손이 천천히 영임의 어깨 위로 올라왔다. 툭, 툭. 영임은 꼼짝 않고 서서 박 팀장의 눈을 들여다보았다. 승리를 확신하는 눈이 거기 있었다. 무력해진 먹잇감을 해체하기 직전의 기대에 찬 눈이었다.

"그러게, 앞으로 계속 봐야 하는 사이에 서로 가깝게 지내면 좋잖아."

만족을 얻고, 한결 느긋해진 목소리였다.

"그날 버스정류장은 대체 왜 그랬던 거야? 데려다주겠다는 말이 그렇게 싫었어? 데리러 온 사람도 없으면서 괜히 있지도 않은 사람까지 만들어 내고 말이야."

상대가 완전히 굴복했다고 확신한 박 팀장은 "그럼, 내 말 제대로 알아들은 걸로 알고 있을게. 앞으론 잘 지내봐요."라는 말을 남기고 먼저 식당 안으로 들어갔다. 박 팀장의 뒷모습이 사라지고 텅 빈 주차장엔 영임 혼자뿐이었지만, 여전히 덫에 걸려있다는 느낌을 지울 수 없었다. 괜히 있지도 않은 사람까지 만들어 내고 말이야. 박 팀장의 그 말이 소용돌이치며 맴돌았다. 김준상이다. 박 팀장은 준상의 얘기를 하고 있는 거였다. 집까지 데려다주겠다며 영임의 어깨에 팔을 둘렀던 그날, 버스정류장에 미동도 없이 서 있었던 준상에 대해 '있지도 않은 사람'이라고 말하고 있었다.

그때, 마치 오래전부터 이 순간이 오기를 기다렸던 것처럼 눈앞에 준상이 나타났다. 준상의 얼굴은 아까 유리문 너머에 나타났을 때보다도 더 차갑고 검게 굳어서 마치 시체를 보는 것만 같았다. 도와주겠다고 말하던 준상의 목소리가 기억 속에 선명했다. 동시에, 그를 막지 못하면 삶이 송두리째 뒤흔들려 버릴 거라는 경고가 영임의 안에서 요란하게 울렸다.

가슴 한가운데를 가로지르는 흉터를 따라 새하얀 벼락이 지나갔다. 혼자 남은 영임은 통증을 견디지 못하고 몸을 뒤틀었다. 심장이 자기 의지대로 움직이기로 결정한 것처럼 거칠고 흉포한 기세로 날뛰었다. 심장을 둘러싸고 있는 좁은 흉곽을 넘어 거센 물줄기가 방사형으로 뻗어나갔다. 영임은 감전된 것처럼 어깻죽지와 사타구니에 강렬한 작열감을 느꼈다. 이내 손가락 발가락 마디까지 저릿저릿해졌다. 영임은 비로소 준상의 정체에 대해 깨달았다. 하지만 풀어놓았던 경계심을 세우기에는 이미 너무 늦어버렸다.

왜 단 한 번도 이상하다고 느끼지 못했을까. 어느 순간 나타나 자신의 곁에 머물던 준상이라는 존재에 대해 왜 단 한 번도 이질감을 느끼지 못했는지 알 수 없었다. 처음부터 함께였던 것처럼, 마치 태어날 때부터 함께인 남매이기라도 한 것처럼 영임은 준상의 존재를 당연하게 받아들였다. 하지만 준상, 그러니까 영임의 몸에 이식된 심장은 수동적인 삶을 사는 걸로는 만족할 수 없었던 걸까.

영임은 가쁜 숨을 몰아쉬면서 지금껏 자신의 것이라 믿었던 심장이 단단한 뿌리를 펼쳐가는 것을 인지했다. 그리고 그걸 막을 수 없다는 것도. 타는 듯한 작열감이 지나간 자리는 차례로 영임의 통제에서 벗어났다. 심장은 그 어느 때보다도 강한 힘으로 연이어 파동을 일으켰다. 그가 일으킨 파동은 뿌리를 통해 뻗어나가 가장 먼 곳인 중추신경까지 도달했다. 영임은 그가 오랫동안 껴입고 있던 안락한 외투를 벗고 마침내 새로운 터전에 정착할 준비를 마쳤음을 깨달았다.

"오래 걸렸지만, 이제야 한 몸이 되었네."

영임의 입으로 준상의 말이 나왔다. 달라진 점은 더 이상 영임이 대답할 수 없으리란 사실이었다.

"괜히 애쓰지 마. 내가 알아서 할 테니 넌 아무 걱정 말고 지켜보면 돼. 지금부터 '이영임'이 완벽히 새로운 삶을 살도록 도와줄게."

자신의 몸에 갇혀 완전히 잠들기 전 영임의 마지막 남은 의식은 준상의 말을 되뇌었다. 완벽히 새로운 삶이라, 어쩌면 그리 나쁘지 않을지도 모른다는 생각이 들었다. 다만 그게 진짜 그렇게 생각한 것인지, 아니면 그저 버티길 포기했기 때문인지는 끝까지 알 수 없었다.

이영임의 몸을 온전히 장악했다고 해서 예전 김준상의 삶으로 돌아가겠다고 생각한 것은 결코 아니었다. 그는 자신이 차지한 지분은 그저 늑골 안의 조그마한 장기, 즉 고작 주먹 하나 정도에 불과하단 걸 잊은 적 없었다. 그는 이 삶이 이영임과 김준상의 동거가 계속되는 걸로 이해했다. 다만 반드시 해야만 하는 일이 있을 뿐이었다.

"나도 꼭 만나야 할 사람이 있거든. 일단 이것부터 해결해 놓고 나서 말이야."

영임은 양손을 가볍게 흔들어 털었다. 고개를 한 바퀴 돌리니 목덜미에서 우두둑 소리가 났다. 발목을 번갈아 가며 빙빙 돌리고는 종아리 뒤쪽을 스트레칭하여 쭉 폈다. 몸의 구석구석이 원하는 대로 움직여 주고 있었다. 만족스러운 미소 위에 언뜻 독한 기운이 서렸다.

영임이 미리 점찍어 둔 건물은 리모델링 공사 도중 문제가 생겨 두 달 이상 방치된 상태였다. 외벽은 유리창이 전부 떼어져 건물 안까지 바람이 들이쳤다. 아래를 내려다보던 영임은 흥분을 이기지 못하고 어깨를 부르르 떨었다. 그가 마침 3층 높이에 서 있기 때문일까. 굉장히 낯익고 그리운 감각이 몸을 꼭 껴안아 그를 다른 지점, 즉 죽기 직전의 기억 속으로 데리고 갔다. 3년 전 대장이 추락하던 그날, 낡은 비계 위에는 준상도 함께였다.

그는 바닥으로 떨어지던 순간의 아찔함을 떠올렸다. 심장에 얼음물이 끼얹어진 듯 싸늘해지던 감각과 한순간에 멀어지던 하늘, 그리고 등에 닿은 땅의 단단함을 기억해 냈다. 하지만 가장 마지막의 기억은 그런 것들이 아니었다. 처음에 작은 점이었다가 금세 견고한 형태의 직육면체로 완성돼 시야를 가득 채워버렸던 그것. 영임은 고개를 숙여 손에 들린 벽돌을 내려다보았다. 그래, 그때도 이거였어. 작은 벽돌이었는데, 마치 거대한 벽이 나를 덮치는 줄 알았지 뭐야. 그는 벽돌과 자신 사이의 오랜 인연에 대해 상기하며 미소를 지었다.

유리창이 떼어진 외벽으로 들어온 바람이 윙윙 소리를 냈다. 여름임에도 불구하고 소름이 끼칠 만큼 오싹한 한기를 머금고 있었다.

"뭐야, 너 지금 떠는 거야?"

영임은 가늘게 떨리는 자신의 손을 내려다보며 의아한 시선을 보냈다.

"내가 도와주겠다고 했지? 금방 끝날 거야. 벌을 받아야 하는 놈은 벌을 받는 거, 이게 맞잖아. 솔직히, 너도 그렇게 생각하지?"

끌어올린 들숨을 후우, 길게 내쉬었다. 평정을 되찾은 영임은 아래를 응시했다. 박 팀장은 큰길에서 방향을 틀어 영임이 기다리고 있는 어둑한 골목길로 막 들어서는 참이었다. 한껏 좁아진 시야 안에서 익숙한 형상이 흔들렸다. 둘 사이의 거리가 조금씩 가까워졌다. 드문드문 선 가로등의 흐릿한 노란색과 남자의 그림자가 길어졌다 짧아지는 걸 지켜보았다. 영임은 그 어느 때보다도 침착했고, 거침없는 심장의 박동은 자신만만한 상태였다. 뚫린 벽 너머로, 크게 열린 허공을 향해 손을 내밀었다. 때가 되어 손에서 놓여난 벽돌이 고요하고도 차분한 직선을 그리며 시야에서 사라졌다.

"씨발, 빌어먹을 놈들. 그놈들은 절대 안 바뀌어."

저 아래에서 '억'하는 소리가 들리더니, 골목길은 마침내 고요와 안정 속에 안착했다.

그녀의 방

처음부터,
이게 게임이라고 생각했을 때부터 예상했어야 했다.
나는 반쪽짜리 퍼즐로는 절대 만족할 수 없을 거란 걸.

전등 스위치를 켜듯 눈이 번쩍 떠진다. 둔탁하게 쿵쾅대는 소음이 연이어 귓속을 파고든다. 소리의 끝에 울림이 이어지는 걸 보니 복도에서 들려오는 소리다. 베개로 뒷머리를 덮어 귀를 막아 보지만 소용이 없다. 흐트러진 긴 머리를 대충 쓸어 넘기고 협탁 위를 더듬어 안경을 찾는다.

주말인데 대체 누가 이른 아침부터 소란을 떠는 걸까. 이불을 몸에 두르고 현관으로 나가 외시경에 오른눈을 갖다 댄다. 커다란 종이 박스 여러 개가 복도에 쌓여있고, 빈 책장 하나가 덩그러니 놓였다. 301호에 누군가 이사를 오는 모양이다. 마침 엘리베이터 도착음이 들리더니 남녀 두 사람이 커다란 매트리스를 양쪽에서 들고 끙끙거리며 나타난다.

가장 먼저 주의를 끈 것은 여자 쪽이다. 정확히 말하자면, 아무것도 입지 않은 여자의 하체. 눈이 휘둥그레 떠진다. 곧 여자가 입은 연한 살구색 레깅스가 피부와 비슷한 색깔이라 착각한 것임을 깨닫는다. 반대편에서 매트리스를 붙들고 있는 남자에게로 시선이 옮겨 간다. 남자가 매트리스 너머로 머리를 내밀고 여자에게 무겁지 않냐는 말을 건넨다.

두 사람이 박스에 담긴 짐을 옮기는 내내 현관문에 달린 조그마한 렌즈에서 눈을 떼지 않는다. 이유는 알 수 없다. 딱히 할 일이 없었다는 것과, 비어있던 이웃집에 어떤 사람이 오는지 궁금했다든가, 또는 소음에 대해 항의할 타이밍을 재고 있었는지도 모른다. 어쩌면, 살구색 레깅스 따위를 입고도 매력적일 수 있는 여자를, 마치 광고에서 막 튀어나온 듯 잘 어울리는 저 두 사람을 좀 더 감상하고 싶었는지도. 여자가 종이 박스 위로 허리를 굽혔다 펼 때마다 높이 올려 묶은 밝은 갈색 머리카락이 경쾌하게 흔들린다. 수수한 미소를 가진 키가 큰 남자는 여자에게서 눈을 떼지 않는다. 그러다 서로 시선이 마주치면 입을 크게 벌려 웃는다.

그 모습을 보고 있으니 이상하게 목이 마르고 침이 목구멍을 까슬하게 넘어간다. 통 넓은 수면 바지가 다리를 스칠 때의 촉감이 거슬린다. 그 둘에게 사로잡히기라도 한 것처럼 한참 동안 그곳에 서 있다. 하지만 이사를 마친 두 사람이 시야에서 사라지자 꿈에서 깨듯 놓여난다. 툴툴거리며 외시경에서 눈을 떼고 이불을 목까지 추켜올려 침대로 돌아오자마자, 금세 그들을 머릿속에서 지운다.

그녀가 이사 온 뒤로 다섯 번째 금요일 저녁, 곁눈으로 시계를 흘깃한다. 예정대로라면 그녀는 오늘도 저녁 8시를 약간 지나 남친과 함께 귀가할 것이다. 8시 정각이 되자마자 입술을 달싹여 초를 세기 시작한다. 막 90초를 세었을 때 복도에 두 사람의 발소리가 어지럽게 울리고, 곧 301호의 문이 여닫히는 소리가 들린다. 언제나처럼 한 치의 어긋남도 없다. 시원한 쾌감에 몸이 찌릿찌릿하더니 이내 미소가 지어진다. 예측이 딱 들어맞는 것은 퍼즐이 맞춰지는 순간과 비슷하다.

처음부터 그녀의 일상에 관심을 가졌던 것은 아니다. 그녀가 내는 소리들이 똑같은 시간에 들려온다는 걸 알아챈 뒤부터다. 그녀의 출타와 귀가를 의미하는, 301호 현관문이 여닫히는 소리나 엘리베이터 도착음 같은 것들. 일부러 의식하지 않아도 그런 소리들은 매일 내 귀로 들어온다. 그리고 그 안에서 발견한 '패턴'. 그녀의 삶에 존재하는 그것은 내가 한 번도 가져본 적 없는 거다. 무엇보다 무질서로 보이던 곳에서 모종의 규칙성을 발견하는 것은 언제나 내 흥미를 유발하는 주제이기도 하다.

사실 그녀에게서 받은 첫인상은 흐트러진 생활을 하리라는 거였다. 예쁘장한 생김새라든가, 살구색 레깅스나, 훈남 남친을 가졌다는 이유 때문인지도 모른다. 하지만 한 달이 지난 지금은 그런 편견을 가졌었다는 것조차 까마득할 정도다. 일, 운동, 데이트, 그녀의 외출은 좀처럼 규칙에서 벗어나는 법이 없다. 옷차림을 보면 외출의 목적까지도 빤히 보인다. 학교나 직장도 아닌, 보통의 일상을 저토록 가지런하게 살 수 있다니. 약간의 여지만 생겨도 금세 흐트러지고 마는 나로선 꿈도 꾸지 못할 삶이다. 눈에 띄는 외모에 소위 잘나가는 여자들 같은 차림새. 하지만 칼같이 정확한 일정대로 생활하는 여자. 나와는 정반대의 삶을 사는 이웃에 대해 호기심이 커진다.

　그녀가 집을 나서거나 돌아올 시간이 가까워지면 눈이 시계를 흘 끔거린다. 정각, 그러면 나는 타이머를 손에 든 스포츠 감독처럼 초를 세기 시작한다. 마치 그녀가 중요한 경기에서 기록을 세우기 직전인 듯 1초, 1초 늘어날 때마다 초조함이 쌓여간다. 그러다 복도에서 발소리가 들려오면 모든 긴장이 한순간에 사라진다. 이어지는 찌릿한 쾌감, 퍼즐 조각이 제자리에 꼭 들어맞는다.

　이걸 점점 일종의 게임으로 생각하게 된다. 목표는 301호 여자에 대한 정확한 몽타주를 완성하는 것. 직장 생활이 따분해지면 사내 연애라든지 뒷담화나 정치질 따위의 쓸데없는 짓들을 하게 되지 않나. 그처럼 나 역시 지루한 재택근무 중 소소한 흥밋거리를 하나 찾아낸 셈이다. 누구에게도 피해를 주지 않는다는 점에서 오히려 다른 것들보다 훨씬 낫다고 할 수밖에.

　외시경 너머로 그녀의 옷차림을 자세히 관찰하고 우편물을 뒤적이고 택배 송장에 적힌 정보들을 수집한다. 이를테면 방 탈출 게임에서 단서를 찾는 것과 비슷하다. 특히 택배 송장에서 얻을 수 있는 정보들이 얼마나 많은지 사람들이 알게 된다면 처음에 내가 그랬듯 누구라도 놀랄 것이다.

　덜컹. 위이잉. 엘리베이터가 움직이는 진동이 시작되자마자 마우스에 올려진 손이 멈춘다. 그녀가 돌아올 시간은 한참 남았다. 바짝 몸을 긴장시키고 밖에서 나는 소리에 귀를 기울인다. 엘리베이터가 3층에 멈추는 소리가 들리자마자 현관문으로 달려가 외시경에 오른눈을 갖다 댄다.

규칙에 어긋나는 경우는 하나다. 택배. 누런 택배 상자를 바닥에 내려놓은 택배 기사가 사진을 찍은 뒤 후다닥 엘리베이터 문 안으로 사라진다. 다시 엘리베이터가 움직이는 묵직한 소리가 들린 다음에야 조용히 문을 열고 나간다.

010-25**-**01. 새로운 퍼즐 조각! 입꼬리가 한껏 위로 치솟는다. 드디어 뒷자리 번호를 두 자리나마 알게 된다. 가운데 자리가 2537인 것은 진즉에 알았는데, 뒷자리 번호는 이번이 처음이다. 모르는 숫자가 2개뿐이라는 건 고무적이다. 약간의 수고를 들이기만 하면 전부 알아내는 건 식은 죽 먹기다.

택배 상자로부터 그녀에 대해 알아낼 수 있는 모든 정보 중에서 가장 얻기 어려운 것이 바로 연락처였다. 그녀의 이름이 '안유주'라는 것이나 옷이나 신발 사이즈 같은 것들은 손쉬웠다. 어학 관련(높은 확률로 영어) 직업을 가졌으며, 꾸준히 하는 운동이 필라테스라는 것, 부모님이 경북 안동에 거주 중이고, 남자친구의 이름이 '박도현'이란 것도 안다. 하지만 연락처만은 예외다. 가상 번호를 쓰지 않더라도 뒷자리 번호는 좀처럼 노출하지 않기 때문이다.

더 알고 싶다. 내가 알지 못하는 퍼즐의 빈칸을 마저 채우고 싶다. 욕망이 정수리 부분을 지그시 잡아당기는 걸 견디며 복도에 우두커니 서 있다. 스마트폰을 꺼내 그녀의 번호를 누른다. 남은 두 개의 빈자리, 망설이다 자판의 숫자 '0'을 두 번 눌러 빈자리를 채운다. 통화 연결음이 가슴 언저리를 살살 긁어댄다. 만약 그녀가 받으면 무슨 말을 하지?

수화기 너머에서 남자의 굵직한 저음이 들려온다. 소스라치며 종료 버튼을 누른다. 고요한 복도가 쿵쿵대는 심장 소리로 가득 찬다. 문득 상대방의 폰에도 내 연락처가 뜰 거라는 당연한 사실이 떠오른다. 스마트폰을 쥔 손에 힘이 빠지며 아래로 축 늘어진다.

조금 전의 행동에 대해서 곱씹는다. 혹시라도 그게 진짜 그녀의 번호였더라면 어쩔 셈이었을까. 정보를 모으는 것에만 몰두하다 하마터면 그녀의 폰에 내 연락처를 남기는 실수를 저지를 뻔했다. 나는 그저 그녀에 대해 알고 싶은 거지, 접촉하고 싶은 게 아니란 사실을 상기한다.

뱃속이 근질거리기 시작한 것은 그날 이후부터다. 책상에 앉아 모니터를 들여다보면서도 일에 집중할 수가 없다. 몇 시간째 똑같은 자리에 멈춰 있는 마우스 커서보다도 자꾸만 다른 것에 의식이 가 닿는다. 굳게 닫힌 301호의 문, 그 위의 직사각형 한 점. 그것 위에는 나조차도 꺼림칙하게 느껴지는 욕망이 끈적하게 묻어 있다. 사실 연락처 같은 건 아무 쓸모도 없어, 더 좋은 건 도어락 비밀번호지. 방안의 온도가 내려간 듯 갑자기 오한이 든다.

그녀의 방은 어떻게 생겼을까?

처음부터, 이게 게임이라고 생각했을 때부터 예상했어야 했다. 나는 반쪽짜리 퍼즐로는 절대 만족할 수 없을 거란 걸.

지금까지 그녀를 관찰하고 정보를 수집하면서도 문제가 될 거라는 생각은 해본 적 없다. 하지만 무단 침입은 다른 차원의 행위다. 만약 내가 남자였다면 지금 머릿속에 맴도는 생각들은 위험한 발

상임이 틀림없다. 하지만 나는 같은 여자고, 그러니까 단순한 호기심 외의 불순한 의도 같은 건 티끌만큼도 없다. 잠깐 들여다보기만 할 거라면 이게 선을 넘는 행위일까, 아닐까. 어차피 그녀는 아무것도 모를 텐데.

결국 호기심이 다른 모든 것들을 압도했을 때 처음으로 분명한 목적을 가지고 외시경에 눈을 갖다 댄다. 비밀번호를 누를 때마다 그녀는 신중하게 키패드를 가린다. 나는 오른눈을 크게 뜬 채 초조하게 입술을 달싹인다. 몸을, 조금만, 옆으로…. 실패가 쌓여 갈수록 죄책감이 흐릿해지고 그 자리에 집념이 들어찬다. 조급해할 필요는 없다며 자신을 다독인 다음 그녀가 유일하게 흐트러진 모습을 보이는 토요일 밤만 기다린다.

토요일 밤 11시 16분, 엘리베이터 문이 열리고, 어두웠던 복도의 조명이 켜지고, 여흥이 남은, 약간 비틀거리는 그녀가 나타난다. 그녀는 렌즈 너머에서 누군가 지켜보고 있단 걸 까맣게 모른 채 느릿느릿 비밀번호를 누른다. 흰 조명 아래 비밀이 훤히 드러난다. 토요일의 경솔함이 마침내 원하던 것을 내 손에 쥐여 준다. 성공의 짜릿함이 앙금처럼 남았던 마지막 죄책감을 완전히 앗아간다.

그녀의 출근 시간을 이처럼 애타게 기다린 건 처음이다. 301호의 문이 열리기만 기다리며 외시경에 오른눈을 대고 꼼짝하지 않는다. 오른눈에 모든 신경이 몰린다. 한참을 그렇게 있으니 내 몸 전체가 조그마한 렌즈 구멍을 통해 빨려 들어갈 것 같은 착각이 든다. 가장 먼저 눈알부터 빨려들고, 머리와 상체와 발끝까지 렌즈를 통과

하고 나면 문을 열지 않고도 복도에 맨몸으로 서 있을 것만 같다. 정신이 아득해지려는 순간 맞은편 문이 열린다. 그 소리에 번쩍, 빠져나갔던 정신이 순식간에 제자리로 돌아온다. 시계를 보니 언제나 똑같은 그 시간이다. 부산한 하이힐 소리가 건물 아래로 사라지고도 한참을 기다린다. 조심스레 현관문을 열고 어두컴컴한 집에서 벗어난다. 밝은 빛이 부옇게 번진 복도에 오전 시간의 적막이 감돈다. 쿵쿵대는 심장 소리가 발소리를 지운다.

떨리는 검지가 천천히 도어락 비밀번호를 누른다.

301호의 문이 열리자마자 난데없이 얼굴을 덮친 것은, 향기다. 그리고 이내 거대하고 따뜻한 공기의 덩어리와 정면으로 충돌한다. 수 초간 숨이 막힌다. 빈 방은, 비어있지 않은 상태다. 확고한 존재감을 지닌 무언가로 가득 차 있단 걸 무의식중에 깨닫는다.

밀폐된 방 안을 채운 것은 그녀의 일부분, 머리카락, 세포, 숨결, 체온, 체취…. 아니, 아니다. 그것들은 결국 그녀의 전부다. 그녀가 없는 곳에서도 그녀의 조각들은 여전히 완벽한 형태로 남아 그녀라는 존재 자체를 이루고 있다. 살아있는 그녀가 애드벌룬처럼 부풀어 나를 향해 온몸으로 부딪혀 온다. 발이 얼어붙는다. 이런 걸 맞닥뜨리게 될 거라곤 예상치 못했기 때문이다. 몸이 뒤로 밀리는 듯한 느낌 때문에 갑자기 내가 불청객이란 걸 자각하게 된다. 금방이라도 누군가 나타날까 두려워져 허둥지둥 집으로 도망친다.

그건 내 착각이었을까. 온 방 안에 팽만한 그녀의 존재감이 내게 부딪혀 오던 순간을 계속 되새긴다. 이틀이나 지났는데도 여전히 감각은 생생하다. 곧장 뒷걸음질 쳐 달아나야 했을 만큼 강렬한 인상이었으니까. 하지만 시각적인 기억만은 흐릿하다. 그녀의 방이 어떤 모습이었는지 전혀 기억나지 않는다. 젠장, 짜증이 치밀어 오른다. 해상도가 형편없는 그래픽 이미지처럼 참을 수 없이 흐리멍덩하다!

죄책감이 빠르게 사그라든다. 대신 욕망은 점점 커져만 간다. 그곳에 남겨두고 온 것을 찾아야 한다는 강박에 사로잡힌다. 물론 빈손으로 갔던 내가 그곳에 남겨두고 온 게 있을 리가 없다. 하지만 분명 거기에, 아주 잠깐 스치듯 본 것뿐이지만, 내가 찾는 무언가가 있었다는 확신이 든다. 그게 무언지만 확인하면 된다. 잠깐이면 된다, 아주 잠깐. 이번에는 놀라지 않을 자신이 있다.

열 걸음이 채 안 되는 복도가 길게 느껴진다. 금세라도 엘리베이터 문이 열리고 그녀가 굳은 표정으로 나타날 것 같다. 계단 층계참에서 누가 지켜보는 줄 알고 깜짝 놀라 올려다본다. 터무니없는 상상일 뿐이라며 고개를 내저은 뒤 301호의 문손잡이를 잡는다. 잠금장치 열리는 소리가 크게 울린다. 이 순간 세상에 존재하는 유일한 소리인 듯하다.

문이 열리고 머리카락이 뒤로 흩날린다. 또다시 공기의 덩어리가 온몸으로 부딪혀 올 거란 생각에 몸이 굳는다. 하지만 그녀의 방은 잔뜩 긴장한 나를 따뜻하고, 온화하고, 상냥한 얼굴로 맞이한다. 지난번에 느낀 적대감은 착각이었나 싶을 정도로 어안이 벙벙하다. 조금 전까지만 해도 머뭇거리던 발걸음이 홀린 듯 안으로 이끌린다.

창 밑에 놓인 싱글사이즈 침대, 낮은 높이의 원목 프레임과 부드러운 베이지 계열의 침구, 어둡지만 무겁지 않은 색의 원목으로 된 심플한 책상과 의자, 옷장, 책꽂이에 가득 꽂힌 책들, 기다란 전신 거울 하나와 침대 옆 작은 탁자엔 독특하게 생긴 조명이 놓였다. 별다른 장식 없이 꾸며진 방에서 유일하게 복잡성을 지닌 물건은 화장대뿐이다. 더할 나위 없이 깔끔한 방이지만 곳곳에서 느껴지는 세심한 손길들, 마치 잡지에 나올 법한 미니멀리즘 인테리어의 정석을 보는 듯하다.

나도 모르게 입술이 벌어진다. 내 방과 똑같은 구조라고 상상할 수조차 없다. 낯설지만 아늑하고, 고요하지만 따뜻하고, 화사함을 지녔음에도 인위적이진 않은 향기, 동향의 창문으로부터 사선으로 떨어져 내린 흰 햇살이 부드럽게 번져 방안 곳곳을 채우고 있다. 이런 방에서 사는 사람이 실제로 존재하는구나. 그러다 문득 이 공간의 색이 그녀의 밝은 갈색 머리카락과 비슷한 색이란 생각을 한다.

부드러운 정적. 책상 의자를 꺼내어 조심스레 앉는다. 단순한 모양의 1인용 책상은 무심히 놓인 노트와 필기구가 꽂힌 단출한 연필꽂이만으로도 멋스럽다. 비싼 값을 주고 샀지만 항상 잡동사니가 너저분하게 흩어져 있는 커다란 내 책상이 훨씬 볼품없다. 만년필을 꺼내 가볍게 쥐어본 뒤 원래 놓여있던 모양을 흐트러트리지 않으려 조심하면서 제자리에 둔다. 책꽂이에서 그나마 손때가 탄 듯 보이는 책을 꺼내 파라락 넘겨보거나 수첩에 적힌 글을 눈으로 훑는다.

50

그러다 곁눈으로 새빨간 색이 들어온다. 이 방의 다소곳한 외모 아래 숨겨진 발칙한 색. 그제야 내가 진정으로 원하는 것이 저것이란 걸 깨닫는다. 투명 아크릴로 된 화장대 정리함에서 빨간색 립스틱을 꺼내 손에 쥔다. 느리게 뛰던 심장이 대번에 쿵쿵 요동치기 시작한다. 설레는 것과 동시에 가벼운 전율이 나를 사로잡는다.

입술. 거울 속의 내가 위아래 입술끼리 문지르다 거울 밖의 나를 빤히 쳐다본다. 핏기 없는 희멀건 얼굴에 입술만이 새빨간 생기를 머금은 채다. 그래서, 이걸로 뭔가 바뀌었나? 부자연스러운 것 같기도 하고 무언가 달라진 듯도 하다. 그때 그 남자가 말한 게 이런 거였나.

고 주임님, 평소 화장 전혀 안 하시죠?

언젠가 회사 탕비실에서 물이 끓기를 기다리고 있을 때였다. 느닷없는 남자의 목소리에 옆을 흘깃했던 기억이 난다. 벽에 등을 기댄 채 내 쪽을 바라보고 있는 남자가 우리 부서라는 건 알았다. 얼굴은 아는데 이름은 기억나지 않았다. 저 남자는 사무실에서보다 탕비실에서 더 자주 마주치는 것 같네. 늘 그랬듯 대꾸 없이 다시 커피포트로 시선을 돌렸다. 남자의 시선이 위아래를 훑더니 허공에 손을 들어 립스틱 바르는 시늉을 했다.

고 주임님도 입술에 뭐라도 좀 바르고 다니면 어때요?

딱히 기분이 나쁜 건 아니지만 남자의 빙글거리는 면상에 뭔갈 던지고픈 충동은 일었다. 방금 내린 커피가 든 종이컵의 온도를 손으로 가늠해 보았다. 어쩌면 기분이 나쁜 걸지도. 하지만 커피는 누군가를 향해 던지기에는 너무 뜨거웠다.

생기가 도는 선명한 입술. 괜히 입술을 모았다 늘였다 해본다. 이렇게 간단한 걸 그땐 왜 몰랐을까. 입술 하나 바뀌었을 뿐인데 거울 속의 창백한 얼굴은 한결 혈색이 좋아 보인다. 립스틱을 들어 가까이에서 살펴보니 거의 새것이다. 이처럼 새빨간 색을 평소에 자주 바를 수는 없을 거란 생각이 든다. 그걸 제자리에 두는 대신 카디건의 늘어진 주머니 속에 집어넣는다. 외시경 너머에서 생기있게 움직이던 그녀의 모습이 그려진다. 이걸로는 부족하지. 이제 고작 입술이야, 입술뿐.

며칠에 걸쳐 그녀가 눈치채지 못할 정도로 사소한 물건들, 이를테면, 특별한 날에나 바를 법한 튀는 색의 아이섀도, 평범한 브랜드의 일회용 면도기, 비슷한 모양의 제품이 여러 개인 서랍 속 헤어밴드, 집게 핀 등이 주머니 속에 담겨 내 집으로 옮겨온다. 없어진다고 해서 그녀를 곤란하게 만들 일은 없을 법한 물건들이므로 죄책감 같은 건 느껴지지 않는다.

그러다 무심코 신발장을 연 날 처음으로 갈등에 빠진다. 화려한 장식이 달린 하이힐. 보자마자 자주 신지는 않더라도 그녀에게 특별한 종류란 걸 깨닫는다. 상자 속에 고이 든 데다 흠집 하나 없이 말끔한 광택이 나기 때문이다. 한참을 그 앞에 서 있다 조심스레 하이힐을 꺼내 든다.

두려움을 느낀 건 처음이다. 복도에서 소리가 들릴 때마다 찬물을 뒤집어쓴 듯 가슴이 선득해진다. 발소리가 가까워지고, 그녀가 내 집 초인종을 누르는 상상을 얼마나 했던지! 하지만 며칠이 지나도 그녀의 일상은 평소와 다름없이 똑같다. 여전히 무지하다. 음흉함이 입가에 고여 미소의 형태로 바뀌어 간다. 사실, 그녀가 끝까지 아무것도 모른다면 딱히 피해를 입었다고 볼 수도 없는 것 아닌가.

그녀의 방에 드나드는 걸 허락받은 기분이다. 그녀의 화장대에 앉아 이것저것 발라본다. 피부를 덮고 있던 찐득한 유분기가 보송한 퍼프와 아이브로우 펜슬 끝에 옮겨간다. 까칠한 입술을 지나간 뒤에 립스틱의 끝이 살짝 뭉개진다. 그녀의 옷장에서 몸에 꽉 끼는 원피스를 꺼내 입고 지퍼를 억지로 올린다. 하나로 대충 묶었던 머리카락을 푼 뒤 가볍게 머리를 흔든다. 그새 더 자란 머리카락이 어깨와 등의 절반을 덮는다. 알이 두꺼운 안경을 벗어 책상 위에 두고 전신거울 앞에 발끝을 한껏 올려 선다.

그녀가 어떤 식으로 움직였더라. 외시경 너머에서 그녀는 마치 혼자만 약한 중력의 영향을 받는 것처럼 가뿐하게 걸었다. 천천히 한쪽 발끝을 뗀다. 애인을 올려다보고 말하고 웃음을 터트리던 그녀의 입술 모양을 흉내 내본다. 거울 속 여자는 그녀가 자주 입는 옷을 입고, 그녀가 자주 쓰는 화장품을 바른 채 입꼬리를 올려 웃고 있다. 가벼운 발걸음으로 두어 바퀴 제자리에서 돈다.

그러다 금세 깨닫는다. 그녀와 나 사이에는 여전히 수천 킬로미터쯤 되는 거리가 남아있다는 걸. 만족과 실망이 시간차를 두고 연이어 밀려든다. 거울 속의 여자는 그녀를 어설프게 흉내 낸 허상에 불과하다. 아무리 공을 들여도 결코 실물 모델을 따라갈 수 없는 2D 캐릭터처럼 얄팍하다. 한껏 치켜올렸던 입꼬리가 볼썽사납게 아래로 내려가고 거울 속의 여자는 금세 나로 돌아온다. 나는, 여전히 나다.

새빨간 립스틱을 바른 거울 속 내가 거울 밖의 나를 빤히 쳐다보던 장면이 자꾸 떠오른다. 고작 입술 하나 바뀌었음에도 묘하게 낯설어졌던 모습, 핼쑥한 안색을 단숨에 생기 있게 바꿀 만큼 강력한 힘을 가졌던 색. 아직 포기하긴 이르지 않나. 완벽한 카피를 원하면 지금까지보다 더욱 디테일에 신경 쓰면 된다. 그녀의 방에서만큼은 본래의 나를 떨어내고 최대한 그녀가 될 필요가 있다.

그녀가 출근하고 나면 그녀의 욕실에서 몸을 씻고 드라이어로 머리를 말린다. 평화로운 소음이 바닥에 깔리며 덕지덕지 붙었던 이전의 흔적을 깔끔히 지운다. 그런 뒤에 기초화장품, 잠옷, 그녀의 것들을 바르고 걸친 채 침대에 눕는다. 침대야말로 그녀의 존재를 가장 선연하게 느낄 수 있는 장소다. 도톰한 베개 밑에 손을 넣어 얼굴을 비비대면 그녀의 일부가 내게 배어드는 것 같다. 베개에 코를 묻은 채 숨을 길게 들이마신다. 침대라는 지극히 사적인 공간 때문인지 친밀감이 더욱 진하게 느껴진다. 그녀와 나 사이에만 공유하는 은밀한 비밀이 생긴 것 같다. 그녀의 방에 익숙해질수록 우리 둘 사이의 간극도 조금씩 메워질 거란 생각에 한층 느슨해진다.

불현듯 귀밑 턱에 소름이 돋는다. 번쩍 고개를 쳐들어 방을 돌아본다. 그녀의 방은 여느 때처럼 온화한 색을 띤 채 고요하기만 하다. 그런데 이상하게도 신경이 곤두선다. 무언가 놓친 게 있는 것만 같다. 그녀의 것이 아니면서 나도 모르는 새 이 방에 남겨 놓은 흔적. 설마, 발자국?

침대에서 내려와 마룻바닥에 한쪽 뺨을 대고 납작 엎드린다. 미간이 찌푸려지며 시야가 가늘어진다. 발자국 대신 바닥에서 발견한 것을 천천히 두 손가락으로 주워 든다. 길고 가느다란, 검은색 머리카락이다. 흔들리는 시선은 머리카락 한 가닥에서 조금 전까지 얼굴을 비비던 베개로, 머리를 말렸던 욕실로, 책상 아래 어둑한 구석으로 차례로 옮겨간다. 가슴이 서늘해지더니 이내 뜨거운 것이 치밀어 오른다.

아주 작은 실수만으로도 그녀와 나의 관계는 유리 조각처럼 산산조각날 텐데 이처럼 무신경하다니! 아무리 떨어내도 나는 여전히 남아 있고 여기저기 흔적을 남긴다는 지극히 당연한 사실이 한 가닥 머리카락에 매달려 흔들린다. 헤어숍 예약을 더 이상 미룰 수 없단 생각을 하면서 바닥과 욕실을 꼼꼼히 청소하기 시작한다.

오전 내내 그녀의 방에 머물다가 집으로 돌아온 뒤 잠시 현관에 서서 숨을 고른다. 조금 전과는 너무도 달라진 풍경에 적응하기 위해서다. 숨 막힌다는 느낌이 들기 시작한 뒤로 생긴 버릇이다. 모든 사물에 정해진 자리가 있는 그녀의 방과는 달리 내 방은 카테고리 분류가 되지 않은 번잡한 파일 더미와 비슷하다. 정돈된 그녀의 방처럼 만들고 싶은 욕구가 전혀 없었던 건 아니다. 잡동사니에 점령당한 책상을 정리하려는 몇 번의 시도가 있었지만 매번 실패로 돌아갔을 뿐이다.

회사에서의 내 책상도 지금과 그리 다르지 않았다. 불편한 적 없었기에 정리할 필요를 느끼지 못했을 뿐.

고 주임님 책상 봤어? 어쩜 그리 주인이랑 똑같냐?

그 말을 한 남자가 거의 매일 내게 와서 스테이플러 좀 빌려도 되냐고 물어보는 사람이라는 게 아이러니였다. 와하하 웃음을 터트리는 그 옆의 남자 둘도 가위와 수정테이프와 건전지를 빌린 적 있다. 심지어 AA 건전지 두 개는 지금까지도 내 손에 돌아오지 않았다. 필요할 때마다 남에게 손을 내밀어야 하는 깔끔한 책상보다 필요한 물건이 그 자리에 있는 어질러진 책상이 훨씬 낫다고 생각했다. 그때는 분명 그랬다.

냉장고를 열었더니 기한이 한참 지난 햄 반쪽과 말라비틀어진 양파뿐이다. 라면과 햇반을 넣어두는 찬장 역시 텅 빈 걸 보고 하는 수 없이 근처 편의점에 다녀오기로 한다. 눈 감고도 다닐 수 있는 수천 번의 똑같은 동선, 간단히 요기할 거리를 사 들고 다시 내 집 앞에 선다. 도어락 비밀번호를 누르려던 찰나 별안간 숨이 꽉 막힌다. 지금껏 당연하게 드나들던 내 공간이 소름 끼치도록 낯설게 느껴진다. 이 문을 열면 펼쳐질 풍경, 난잡하고 무질서한 세계, 마치 한 번도 발을 들인 적 없는 장소인 것 같다.

당장 발길을 돌려 나를 기다리는 그녀의 방으로 돌아가고 싶다. 단정하고 아늑한 그곳이 내가 있을 곳이며, 안전한 내 방이며, 처음부터 내 것이었던 것만 같다!

뒤돌아서려던 걸음이 멈춘다. 부스럭거리는 편의점 비닐봉투 소리가 발목을 붙잡았기 때문이다. 그 안에 든 것들, 컵라면과 삼각김밥을 그녀의 방에서 먹는 내 모습이 머릿속에 그려진다. 컵라면이 익어가는 냄새, 사방에 점점이 찍힌 주황색 얼룩, 삼각김밥에서 부스스 떨어지는 소금 알갱이와 김 가루. 갑자기 속이 메스꺼워진다. 주인이 없는 틈을 타 침입한 불량한 무리가 온통 헤집어 놓듯 정결한 그녀의 방이 오염될 게 뻔하다.

차갑게 굳어버린 손가락으로 내 집 도어락 비밀번호를 꾹꾹 누른다. 벌어진 문 틈새로 너저분함이 쏟아져 나온다. 비닐 포장을 벗길 때마다 자극적인 음식 냄새가 번진다. 창문을 열어 환기라도 시킬까 하다가 그만둔다. 기존의 무질서 위에 무질서를 약간 더 얹는 것은 별 차이가 없기 때문이다. 허기가 채워질 때마다 잔여물의 흔적들이 필연적으로 남겨진다. 빨리 그녀의 방으로 돌아가고 싶어서 편의점 음식들을 입속에 욱여넣는다.

무언가 잘못 되어감을 인지한 건 며칠이 더 지나서다.

'그녀의 방'으로 '돌아가고 싶다'라니. 가슴 한가운데에 서늘한 바람이 스친다. 나도 모르는 새 내 머릿속에서 역전이 일어나고 있다는 뜻이다. 그런데 그게 이상하다는 것조차 못 느끼고 있었다니. 대체 언제부터 비틀리기 시작한 걸까. 내 책상에 앉아있는 게 불편하고 부자연스럽다 느끼기 시작한 때일까. 잠을 자고 끼니를 챙기고 집안일과 회사 일을 하는 아주 기본의 일상이, 마치 억지로 떠맡은 일처럼 생각되기 시작한 때일까. 하지만 다른 건 몰라도 회사 일에 지장이 생기는 것, 그것만큼은 막아냈어야 했다.

간신히 기한을 맞춰 제출한 기획안에 대해 돌아온 답변이 어제부터 어지럽게 머릿속을 맴돈다. 콘텐츠 기획 쪽이 뒤죽박죽이란 차디찬 혹평이었다. 뒤죽박죽, 그건 나를 콕 집어 하는 말이었다. 뒤에서 나를 비웃던 무리에게 또다시 좋은 안줏거리를 던져준 셈이다. 눈가의 뜨끈한 열감이 하루가 지나도 사라지지 않는다.

일부를 수정한다고 해서 될 게 아니다. 처음으로 돌아가 새로 시작해야 한다. 하지만 아무리 모니터를 노려보고 있어도 아이디어가 떠오르지 않는다. 모니터에 한정되었던 시야가 점점 책상 전체로 확장된다. 매끈한 나뭇결을 가진 책상 한 편에 이면지 더미가 위태롭게 쌓였고 뜯지도 않은 우편물이 그 옆에 흩어진 채다. 연필꽂이가 다섯 개나 있지만 더 이상 꽂을 자리가 없어 쓰던 펜들은 책상 위에 굴러다닌다. 테두리에 커피 자국이 말라붙은 머그컵 서너 개가 스탠드조명 아래 옹기종기 모여 있다. 무질서의 어디서부터 손을 대야 할지 가늠조차 되지 않는다. 그러니 어쩔 수 없이 참아온 대로 참아낼 수밖에 없다.

말 그대로 뒤죽박죽이네, 나도, 이 방도. 눈을 가늘게 뜨고 모니터 화면을 노려본다. 아니, 지금까진 괜찮았잖아. 하얀색 화살표가 어지럽게 날아다닌다. 갑자기 왜 견딜 수 없어진 건데. 사소한 자극들이 픽셀 단위로 쪼개져 바늘처럼 쿡쿡 찔러댄다. 뇌가 부풀어 두개골 안쪽을 꽉 채운 듯 두피에서 박동이 느껴진다. 심하진 않지만 거슬리는 두통이 찾아온다. 한계다. 답답해서 도저히 견딜 수가 없다. 의자를 박차고 일어나자 높이 쌓였던 이면지 일부가 바닥으로 쏟아진다. 그것들을 뒤에 팽개쳐 두고 그녀의 방으로, 돌아간다.

하지만 신발을 벗기도 전에 시선이 책상 위의 한 점에 집중된다. 그것이 동공의 한가운데를 예리하게 찔러 들어온다. 늘 비어있던 그녀의 책상 위에 책 한 권이 펼쳐진 채 놓여있다. 처음으로 발견한 무질서의 흔적. 하얗게 드러난 속살이 마치 그녀의 것이라도 되는 것처럼 수치스러운 장면으로 인식된다.

 화가 치민다. 질서는 한 번 무너지기 시작하면 금세 손쓸 수 없을 정도로 망가진단 걸 알기 때문이다. 화풀이할 대상이 옆에 있기라도 한 것처럼 거친 동작으로 책을 덮는다. 누군가 허락받지 않고 함부로 내 물건을 만졌을 때의 불쾌감이 인다. 책장에 꽂힌 빽빽한 책들 사이에 딱 이 책 두께만큼의 빈 공간이 있다. 부드러운 민트 색으로 된 겉표지가 제자리에 꼭 들어맞는 순간 반짝, 만족감이 얼굴에 퍼진다.

 하지만 곧 여기가 내 방이 아니란 걸 깨닫는다. 그 자리에 선 채 한참 동안 문제의 책을 노려본다. 제자리에 둘까, 놓였던 자리에 둘까. 다시 책을 꺼내어 책상 위에 허연 속살을 펼쳐둔다. 전시된 지인의 나체를 보듯 실망감이 느껴진다. 문득 둥근 곡선을 그리던 적나라한 살구색 레깅스가 떠오른다.

 삶이 정확하게 두 쪽으로 나뉜 것처럼 두 개의 자아가 각각의 공간에서 다른 모습으로 존재한다. 그녀의 방에 머무는 동안 단정하고 여유로운 삶을 누리던 나는, 내 집으로 돌아오자마자 다시 초라하고 무질서한 예전의 일상을 덧입는다. 문제는 전혀 다른 두 개의 삶 사이에 점점 더 또렷하게 명암이 도드라진다는 점이다. 어두운 쪽이 내 것임을 자각할 때마다 발을 헛디딘 듯 아득한 기분에 휩싸인다.

 하루 중 단 한 번도 목소릴 내지 않는 날이 늘어난다. 단순한 일과 속에 스스로를 욱여넣고 가둔다. 일을 하고, 책을 읽고, 텔레비전을 보고, 게임을 하고, 내 집에서의 나는 점점 더 움직임의 반경이 좁아져 간다. 고독은 나날이 선명해진다. 직장으로 출퇴근하던 때에는 이 정도는 아니었다. 어쩌면 재택근무를 신청한 게 실수였는지도 모른다. 혼자라면 더 잘할 수 있을 거라 생각했지. 쓸데없는 것들에 더 이상 신경 쓰지 않아도 되니까.

뜨끈해진 눈으로 한참 동안 모니터를 뚫어져라 쳐다본다. 그게 남들과 나를 가르는 경계이자 벽인 것 같다. 그러다 문득, 건너편에 존재한다고 믿었던 넓은 세계는 사실 존재하지 않고 모니터는 그저 차갑고 딱딱한 평면에 불과할지도 모른단 불안에 사로잡힌다.

정말 그럴까? 이 고독을 택한 것이 나의 선택이었을까?

사람들 사이에 있을 때도 제대로 섞여 들지 못해서 제 발로 튕겨져 나온 것이 아니었나. 그 왜, 있잖아, 입술. 개그 소재로 희화화되어 몇몇 남자들의 입에 오르내리던 것과 등 뒤에서 키득거리던 웃음들. 나도 모르게 까끌한 위아래 입술끼리 문지른다. '뒤죽박죽'이라는 평가를 받았던 내 기획서는 결국 탈락했다. 대신 선택된 것은 다른 여자의 것이었다. 내 기억으론 화사한 얼굴에 단정한 베이지색 슈트가 잘 어울리던 여자였다. 외모가 아닌 기획 능력으로는 한 번도 평가받지 못했던 여자였다.

여태까진 정말 아무렇지 않았다. 그랬는데 301호의 그녀를 알게 된 뒤로 흉측한 자괴감으로 바뀌어 간다. 내 외모가 달랐더라면 나라는 사람도 달라졌을까. 내가 그녀처럼 생겼더라면 내 삶 역시 지금과는 다르게 정돈되고, 반듯하고, 빛이 났을까.

그녀의 패턴, 그리고 질서정연함. 내 방에 숨어 그녀의 소리들을 기다리던 때가 떠오른다. 입술을 달싹여 초를 세고 복도에서 소리가 들려오길 기다리며 몰래 그녀를 응원하던 기억들. 그때는 그저 호기심이 생겼던 거였다. 나와는 다른 방식으로 삶을 사는 사람은 어떤 사람일까 궁금했고, 마침 반복되는 일상이 지루했을 뿐이었다. 그래서, 아직도 이게 그저 게임이라고 생각해?

그럴 리가. 단순한 호기심에 불과하던 단계는 한참 전에 지났다. 처음 그녀의 방에 들어갔던 날 이후로. 내가 원룸 건물의 한구석에 처박혀 썩어가는 동안에도, 외시경 렌즈 안에서 그녀의 밝은색 머리카락은 경쾌하게 흔들리고 날씬한 몸에 잘 어울리는 레깅스의 파스텔 컬러는 산뜻하기까지 하다. 가까운 곳에서 탐스럽게 반짝이는 보석을 두고 누가 욕망하지 않을 수 있을까. 그녀의 것을 더, 더 훔치고픈, 보복에 가까운 욕구가 치솟는다.

그렇지만 그녀와 닮고 싶다는 욕망이 커질수록 그녀와 나 사이에 존재하는 까마득한 거리는 점점 더 선명해지기만 한다. 그녀를 향해 달려갈수록 오히려 멀어지는 것만 같다. 그걸 훔치겠다고? 가질 수 있을 거라고? 그게 정말 가능하리라 생각했어? 그래봤자 절대 나 따위가 도달할 수 없는 허상이란 결론에 도달할 때면 속았다는 기분이 든다. 좌절은 불공평함에 대한 분노로 바뀌어 간다. 질투가 아닌, 엄연한 분노다. 나는 도저히 가질 수 없던 것들을 아주 손쉽게 손에 넣어왔을 여자들을 향한, 한마디로 '안유주'를 향한.

처음으로 그녀를 흉내 낸 내가 아닌, 응어리지고 분노로 똘똘 뭉친 나인 채로 그녀의 집 문 앞에 선다. 도어락 비밀번호를 빠르게 누른다. 쿵쿵거리며 걸어가 침대 가장자리에 엉덩이를 내려놓고 앉는다. 매트리스가 약간 내려앉으면서 끼익, 하는 소리가 난다. 금요일이니까 오늘 밤에는 그 남자와 함께 눕겠지? 그녀의 애인인 박도현, 그 남자의 눈빛이 생생히 기억난다. 엘리베이터와 301호의 현관문 사이는 대여섯 걸음에 지나지 않는 아주 짧은 거리지만 그래도 알 수 있었다. 그녀를 바라보는 그의 시선이 얼마나 다정한지를.

입안이 바짝바짝 마른다. 그녀는 사는 동안 그런 시선을 수없이 많이 받아왔겠지. 따뜻하고, 때로는 뜨겁기도 한 시선들. 엉덩이에 힘을 줬다 뺐다 하며 반동을 주자 끼익, 끼익, 끼익 규칙적인 소음이 고요를 깨트린다. 거슬리는 소리라고 생각하면서도 멈추지 않는다. 화가 날수록 끼익끼익 소리는 점점 더 빨라진다. 견딜 수 없을만큼 뜨거운 덩어리가 목구멍까지 솟구쳤을 때 끽! 소리내기를 멈춘다.

한껏 부풀었던 흉곽이 서서히 제자리를 찾아간다. 숨소리마저 잦아든 뒤에 찾아온 완전한 정적. 방안에 흐르는 괴괴한 적막이 선명하게 도드라진다. 갑자기 불쾌감이 치민다. 더러운 것을 머리부터 뒤집어쓴 것처럼 역겨움이 몰려온다. 단정하던 그녀의 방이 내 방처럼 난잡해진 것 같다. 걸터앉아 있던 침대 가장자리를 박차고 일어나 도망치듯 나온다. 뒤도 돌아보지 않고 한달음에 복도를 가로질러 내 집 문을 활짝 열어젖힌다. 그곳은 끔찍하고 혐오스러운 온갖 것들이 뒤엉킨 장소, 내가 있던 구석이다. 동굴 같은 그곳으로 발을 들인다. 등 뒤에서 현관문이 닫히는 묵직한 철컹, 소리가 들린다. 그 소리가 두 세계 사이를 가로지르던 경계선을 깨부순다. 그제야 깨닫는다.

애당초 내가 둘로 나뉠 필요는 없는 거였다. 나뉘어야 할 건 오히려 '안유주'다.

눈살을 찌푸려 일부러 시야를 흐리게 만든다. 거울에 비친 모습이 얼핏 외시경 렌즈 너머의 그녀를 떠올리게 한다. 하지만 누군가를 카피한다는 건 간단한 일이 아니다. 대상이 드러내는 이미지는 시각적인 형상에 국한된 듯하지만 실은 총체적인 것이어서 그리 쉽게 카피되지 않는다. 똑같은 머리 스타일을 하고, 같은 화장품을 쓰고, 그녀의 옷을 입고 신발을 신어도 비슷해 보이는 건 거울에 비친 모습뿐, 실제의 그녀를 보면 우린 여전히 다르다는 걸 깨닫는다. 평면과 입체 사이의 간극을 떠나서라도 시각적인 면을 제외한 다른 것, 목소리, 눈빛, 숨결, 말투, 걸음걸이, 손짓, 체취….

순간 가볍게 철렁한다. 그러고 보니 체취. 어쩌면 내가 놓친 마지막 퍼즐 조각 하나는 그것일지도 모른다. 그녀의 화장대 위로 물끄러미 시선을 보낸다. 왜 여태 생각하지 못한 걸까. 빈 방을 가득 채우고 있는 그녀의 존재감은 결국 체취라는 틀로 만들어졌을 텐데. 한 사람을 이루고 있는 모든 것들 중에 가장 만연하고, 가장 총체적인 것. 체취는 이를테면, 그 사람이 풍기는 분위기일지도 모른다. '풍기다'라는 표현을 공유하는 것부터가 그렇다.

불그스레한 빛이 도는 투명한 향수병을 손가락으로 집어 올린다. 반쯤 담긴 액체를 통과한 햇빛이 병 속에서 찰랑인다. 코를 가까이 대고 숨을 깊이 들이마신다. 저절로 눈꺼풀이 감기고 입술이 살짝 벌어진다. 비로소 완벽에 한발 가까이 다가갔음을 깨닫는다. '완벽'

이라는 단어가 지닌 완전무결함, 나는 그것을 손에 넣기로 한다. 그녀의 체취는 조심스레 내 주머니 속에 담긴다. 이제 드디어 문을 열고 밖으로 나갈 수 있다는 자신감이 짜릿하게 몸을 관통한다.

301호의 문이 여닫히는 소리가 들린다. 안유주가 출근하기 위해 집을 나섰다는 뜻이다. 나 역시 완벽히 준비가 되었다 생각했는데 갑자기 다급해진다. 엘리베이터 버튼을 누르는 소리, 이어 들려오는 육중한 소리, 건물이 가볍게 진동하더니 '띵!' 도착 신호음이 들린다. 하이힐 속에 발을 욱여넣고 굽을 요란스레 또각거리며 현관문을 열어젖힌다. 엘리베이터 문이 닫히기 직전에야 밖에서 열림 버튼을 누르는데 성공한다. 거의 닫혔던 문이 스르르 열리며 그녀가 내 앞에 온전히 드러난다.

동그랗게 커진 눈이 잠시 내게 부딪힌다. 처음이다. 둘 사이에 아무런 장애물 없이, 같은 공간에 함께 있는 건. 심장이 가볍게 두근거린다. 시간과 공간을 공유한다는 건 생생한 오감을 상대를 향해 거리낌 없이 연다는 뜻이다. 처음 껴본 렌즈가 어색해 눈을 깜빡인다. 자꾸만 밝은 갈색으로 바뀐 내 머리카락을 의식하게 된다. 우리가 쌍둥이처럼 닮았다는 걸 언제쯤 그녀가 알아챌까?

향기가 공기를 타고 전해지는 데는 1초 정도의 시간이 걸린다. 좁은 공간 속에 아주 비슷한 체취가 뒤엉켜 이질감 없이 하나가 된다. 그녀가 눈에 띄게 흠칫하더니 그제야 나를 제대로 바라본다.

완벽하다! 입꼬리가 올라가고 저절로 새빨간 입술이 벌어진다. 그 틈새로 상냥함이 새어 나온다.

"안녕하세요? 302호에 사는 이웃이에요."

엘리베이터 내부 삼면의 거울 속에서 아주 닮은 모습의 두 여자가 꼼짝 않고 서로를 바라보고 있다. 그녀의 흔들리는 동공이 차례로 나를 훑는다. 눈, 머리, 다시 눈, 새빨간 입술, 하이힐, 더 커진 눈동자로 또다시 눈. 그러는 사이에도 그녀의 입술은 떼었다 다물어지길 몇 차례 반복한다. 그녀가 아무 말도 못 하고 섰다. 아마도 어떻게 대답해야 할지, 어떤 표정을 지어야 할지 몰라 생긴 반응의 공백일 것이다.

저런……. 지금 같은 반응은 예의에 어긋난다고 볼 수 있다. 하지만 혼란스러워하는 그녀의 모습을 보는 게 즐거우므로 이번만큼은 유연하게 넘어가기로 한다. 오늘에야 우린, 비로소 하나의 '안유주'를 완벽히 나눠 가졌으니까.

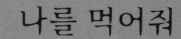

나를 먹어줘

유미를 깊은 잠에서
깨어나게 만든 것은 욕망이었다.
식욕.

유미를 깊은 잠에서 깨어나게 만든 것은 욕망이었다. 식욕. 화들짝 눈을 뜬 유미는 새벽 시간의 서늘함보다도 냄새를 먼저 인지했다. 방 안은 이루 말할 수 없이 황홀한 진수성찬의 냄새로 가득했다. 가슴이 섬뜩해질 정도로 강렬한 욕망이 뱃속 깊은 곳에서 솟구쳤다. 본능적으로 무언가 잘못되었음을 알아챈 유미는 황급히 코를 틀어막았다.

"화, 이환오!"

옆에 누워있는 환오를 다급하게 흔들었다. 하지만 유미의 손에 닿은 것은 사람의 몸통이라기보다 뻣뻣한 통나무에 가까웠다. 어스름한 빛에 기대어 그를 빤히 내려다보았다. 코를 틀어막고 있던 손이 힘없이 아래로 떨어졌다. 냄새는 환오로부터 풍겨 나오고 있었다. 그에게서 풍기는 냄새는 따뜻하고, 진득하고, 고소하고, 달콤하고, 그리고 다정했다.

시간이 멈춘 듯한 기묘한 감각이 자신을 끌어안은 것과 동시에 익숙한 세계가 어딘가 다른 모양새로 바뀌었다고 느꼈다. 침실 구석구석 소복이 쌓인 평범한 색이 사라지고 강렬한 원색이 송곳으로 변해 눈을 찔렀다. 볼록렌즈를 통해 보는 것처럼 환오의 형상은 확대되고 그를 둘러싼 세상은 왜곡되었다. 그 순간 유미의 눈동자에 생생한 생기가 번뜩였다. 침샘의 뚜껑이 열린 듯 혀와 잇몸 사이에서 침이 쏟아졌다.

먹, 고, 싶, 다.

심장이 늑골을 부수고 밖으로 튀어 나갈 듯 무섭게 펄떡댔다. 유미의 타는 듯한 시선은 오직 죽은 듯 누워있는 환오, 그에게만 못 박혀있었다. 먹고 싶다. 먹고 싶어. 다른 생각은 비집고 들 틈이 없을 정도로 단 하나의 단순한 욕망이 쌓이고 또 쌓였다. 이성은, 압도적인 만큼 강렬한 식욕에 정복당해 통념이란 것을 잊었다. 유미의 몸이 환오 쪽으로 기울자 매트리스에서 끼익 소리가 났다. 침이 뚝뚝 떨어져 침대 시트 위에 둥그런 얼룩을 만들었다. 세상의 그 어떤 산해진미도 눈앞에 놓인 남자보다 맛있을 수 없으리란 확신이 들었다.

안 돼.

유미는 자신의 팔목을 이 사이로 밀어 넣어 재갈처럼 물었다. 신음이 입술과 팔목이 맞닿은 지점을 비집고 나왔다. 살과 근육이 짓이겨지는 소리가 들리고 입안에 비릿한 쇠 냄새가 번졌다. 팔목을 입에 문 채로 침대 가장자리로 뒷걸음질 쳤다. 손을 헛디며 침대에서 우당탕 굴러떨어진 유미는 비틀거리며 침실에서 뛰쳐나왔다. 닫힌 방문에 등을 기대고 서서 거친 숨을 헐떡였다. 피와 섞인 침이 팔목을 타고 흘러 팔꿈치에 맺혔다. 뱃속에서 그르렁거리는 허기는 숫제 고통스러울 정도였다. 유미가 내지른 비명이 입안에 갇혀 억눌린 소리를 냈다. 먹고 싶다니. 저건 환오잖아!

그때 높고 날카로운 비명이 서늘한 공기를 갈기갈기 찢었다. 빌라 건물 밖에서 들려온 소리였다. 급하게 베란다로 달려가다 발이 꼬이는 바람에 하마터면 바닥을 구를 뻔했다. 창문을 열자마자 습기를 머금은 11월의 새벽 공기와 형언할 수 없을 만큼 달콤한 냄새가 한꺼번에 밀려들었다. 맞은편 건물 4층 창으로 상반신을 반쯤 내민 나이 든 여자가 구토를 하듯 비명을 토하고 있었다. 건물 사이 아스팔트 위에 운동복 차림의 젊은 여자가 길게 누웠고, 반바지에 슬리퍼를 신은 남자와 교복 차림의 여학생이 누운 여자의 목과 옆구리에 각각 머리를 파묻고 있었다. 두 사람의 머리가 기묘한 모양새로 조금씩 움직였다.

"먹고 있어요! 먹고 있다고!"

절규는 고장 난 음향 기기에서 흘러나오는 것처럼 반복적으로 이어졌다. 누운 여자의 주위로 검붉은 얼룩이 점점 면적을 넓혀갔다. 후들거리는 다리를 지탱하려고 난간을 붙들고 있던 유미는 끝내 주저앉고 말았다. 길바닥에 두텁게 내려앉은 새벽 공기의 층을 뚫고 여기저기서 비명이 솟았다. 요란한 사이렌 소리가 비명 사이사이를 관통했다. 낯선 소리들의 뒤를 이어 거실 쪽에서 연신 알림이 울려대기 시작했다. 유미의 휘둥그레진 시선이 스마트폰이 놓여 있는 소파 테이블로 향했다.

[긴급. 외출을 삼가십시오. 제주경찰청]

[긴급. 현재 제주도 전역에서 원인불명의 전신마비 환자 속출. 이

런 증세를 보이는 사람 발견 시 즉시 거리를 유지할 것. 행정안전부]

무슨 일이 일어나고 있는 건지 이해할 수 없었다. 떨리는 손가락이 스마트폰 화면 위를 내달렸다. 유명 포털 사이트에 실시간으로 한 줄짜리 기사가 올라왔다.

[속보. 제주에서 식인 사건 급증.]

유미의 시야가 초점을 잃고 흐릿해졌다. 현실 세계에서 비현실적 공간으로 강제로 내던져진 기분이었다. 길바닥에 누운 여자의 목과 옆구리에 달라붙어 있던 새까만 뒤통수가 눈앞에 생생히 그려졌다. 속이 메스꺼워. 하지만 생각과는 달리 침이 목구멍을 꼴딱 넘어갔다. 무의식적인 침 삼킴이 갈증 때문이란 걸 깨닫고 소스라쳤다. 왼쪽 팔목에는 여전히 잇자국이 선명했다.

유미의 시선이 침실의 닫힌 문에 가닿았다. 굳게 닫힌 방문은 외부의 것을 막으려는 듯도, 안의 것을 가두려는 듯도 보였다. 환오는 아직도 똑바로 누운 상태 그대로 잠들어 있을까. 걱정되어 미칠 것 같았지만 선뜻 발이 떨어지지 않았다. 나무토막 같던 감촉과 감긴 눈꺼풀 위에 드리워져 있던 서늘함이 떠올랐다. 무엇보다도 환오에게서 풍기던 황홀하기 그지없는 냄새, 뱃속 깊은 곳에서부터 끓어오르던 식욕과 무아지경에 빠져 짐승처럼 살에 이를 들이댔던 기억이 발목을 붙잡았다. 아까는 간신히 참아 냈지만, 또다시 그 냄새를 맡는다면 이성을 잃지 않을 거라고 장담할 수 없었다.

남동향의 베란다 창문으로 비스듬히 해가 비치기 시작했지만 밖의 소란은 수그러들지 않고 있었다. 다양한 정체성을 가진 사이렌 소리들이 멀어지거나 가까워졌다. 긴장이 역력한 남자의 목소리가 확성기를 통해 주변에 울려 퍼졌다. 대피하세요, 집에 계십시오, 그래야 안전합니다, 저품질의 확성기는 발음을 알아듣기 힘들 정도로 소리를 뭉갰지만 목소리의 떨림까지 감추지는 못했다.

"무울."

침실 안으로부터 끊어질 듯 희미한 소리가 새어 나왔다. 유미는 전기가 흐르는 물체에 닿은 것처럼 짧게 경련을 일으켰다. 걱정과 두려움을 폐 속에 가둔 채 침실 문에 귀를 댔다. 방문 너머에는 여전히 기이할 정도의 괴괴함만 있었다. 잘못 들었는지도 모른다는 생각이 들었다. 베란다 창밖의 어수선함과는 반대로 집안 전체에 귀가 먹먹하리만치 낯선 정적이 내려앉아 있기 때문이다. 그때까지도 망설이던 유미는 이를 악물었다. 희미한 소리가 착각이라 해도, 아찔할 정도로 강렬한 유혹이 두렵다 해도 그래도 문을 열고 들어가 봐야 한단 생각이 들었다. 어쩌면 환오는 지금 치료가 필요한 상태일지도 몰랐다.

유미는 치과에서 매일 사용하는 얇은 덴탈마스크 대신 KF94마스크를 꺼냈다. 하나를 쓴 뒤 잠시 망설이다 두 장을 겹쳐 썼다. 그러고도 마스크 안쪽 면이 축축해질 정도로 플로랄 계열의 향수를 듬뿍 뿌렸다. 침실로 향하던 유미의 시선이 문득 식탁 한쪽 구석에 놓인 유리병에 닿았다. 노란색 사탕이 가득 들어있는 유리병 뚜껑엔 뿌옇게 먼지가 쌓여있었다. 유미는 사탕 하나를 꺼내 레몬과 벌꿀 그림이 그려진 포장지를 까서 입에 넣었다.

방문을 열자마자 갇혀있던 공기가 밖으로 밀려 나왔다. 갑자기 얼굴을 덮친 훈기에 유미는 가벼운 현기증을 느꼈다. 그건 온도라기보다 누군가의 호의를 마주한 것에 가까웠다. 마치 한상 가득 차려진 푸짐한 음식이 자신만을 위한 것임을 깨달았을 때의 따스함. 창문 아래 놓인 침대에 아까와 똑같은 모습으로 환오가 누워 있었다.

유미는 시야를 흐리게 만드는 훈기에 저항하려고 눈을 강하게 깜빡였다. 아니, 똑같지 않아. 환오의 피부가 눈에 띌 정도로 탄력을 잃고 쭈글쭈글해져 있었다. 마치 수분이 빠져나가 급격히 시들어가는 다육식물 같은 모습이었다. 세로 방향으로 갈라진 입술 틈새에서 가느다란 소리가 새어 나왔다.

"무, 무울⋯⋯."

목소리가 사포처럼 거칠었다. 죽은 듯 누워만 있던 환오에게서 처음으로 나타난 생명 반응이었지만 유미의 귀엔 죽음 직전의 단말마로 들렸다. 혀가 바싹 말랐거나 성대 주변 근육까지 굳었기 때문인지도 몰랐다. 유미는 물을 가득 채운 그릇에 손가락을 담갔다가 메마른 입술 위로 떨어뜨렸다.

"이환오, 내 말 들려? 제발 정신 좀 차려봐!"

쪼그라들었던 피부에 윤기가 돌더니 감겨있던 눈꺼풀이 조금이나마 열렸다. 하지만 텅 빈 눈동자엔 여전히 생기가 없었다. 이걸로는 부족해. 고민하던 유미는 손수건을 물에 적신 뒤 그의 입술 위에 얹었다. 두어 번 반복한 뒤에야 환오의 눈동자가 삐걱삐걱 소리라도 날 것처럼 움직였다.

"나⋯ 왜⋯ 몸이⋯?"

순간 유미는 그 자리에 주저앉을 뻔했다. 그가 살아있다는 안도감에 온몸이 허물어지는 듯했다.

"내가 알아볼 테니까 넌 이대로 가만히 누워 있어."

희번덕거리는 환오의 눈이 눈두덩보다 튀어나올 듯 불거졌다. 몸이 움직이지 않는다는 사실을 깨닫고 혼란스러워하는 눈빛이었다.

"내 모, 몸이…! 시, 시험은…."

몸을 움직여 보려 안간힘을 쓰는 것 같았지만 그나마 자유롭게 움직이는 건 눈동자와 입술 근육 약간뿐이었다. 몸이 굳어진 것보다 더 큰 문제가 있어. 오늘 새벽에 내가 널 먹어 치우려고 했거든. 그것도 산 채로. 유미는 입 밖으로 튀어나오려던 말을 겨우 집어삼켰다.

"지금 시험 걱정할 때야?"

유미는 최대한 부드러운 목소리를 내려고 애썼다. 방에 들어선 순간부터 훈기라는 형태로 느껴지던 먹음직스러운 냄새가 두 겹의 마스크를 뚫고 들어오기 시작했다. 오븐에서 갓 나온 구운 빵 냄새가 환오가 숨을 내쉴 때마다 함께 흘러나왔다. 그래도 아직은 괜찮아, 환오가 살아 있으니까. 말라가는 손수건을 다시 물에 적셔 아까보다 팽팽해진 입술에 올려놓았다. 내가 우리 둘 모두를 지켜낼 거야. 그러니까 넌 아무 걱정하지 마. 유미는 이마에 달라붙은 환오의 머리카락을 쓸어 넘겨 주었다. 그의 눈동자는 여전히 눈구멍 안에서 버둥거리고 있었다.

"오늘은 충격적인 소식을 먼저 전해드리겠습니다."

본격적인 보도에 앞서 서두를 꺼내는 뉴스 앵커는 자못 심각한 어조였다.

"최근 제주도에서 사상 초유의 식인 사태가 벌어졌습니다. 더욱 충격적인 것은 이러한 사건이 한 건이 아니라 불특정 다수의 사람에게 동시다발적으로 발생하고 있다는 사실입니다. 현재로서는 원인도, 대상도 밝혀진 바가 없어 도민들의 두려움이 사라지지 않고 있는데요. 이러한 엽기적인 식인 행태가 왜 일어나게 된 걸까요?"

"초기엔 이상식이증이나 정신 질환의 일종으로 보는 시각이 많았죠. 일부에선 반사회적인 과격파의 테러로 해석하기도 했습니다만, 지금은 새로운 감염병의 일종이라는 가설에 힘이 실리고 있습니다."

"감염병이라고요. 그렇다면 이런 증상이 어떤 경우에 발현된다고 보십니까?"

"여기서 정확히 짚고 넘어가야 할 것은 감염자는 바로 피해자들, 즉 먹힌 이들에게 해당되는 수식어라는 겁니다. 먹은 가해자가 아니라."

"그 말은 식인 충동을 유발하는 원인이 오히려 피해자 쪽에 있다는 걸로 해석되는데요. 그렇다면 치료법은 있습니까?"

"방역당국이 이 사태를 해결하기 위해 최선을 다하고 있다고 합니다. 그러니 해당 증세를 보이는 사람을 발견하면 절대 다가가지 마시고 즉시 신고를……."

때마침 텔레비전 화면 아래쪽에 크고 선명한 글씨체로 쓰인 전화번호가 깜빡거렸다. 그래서, 데려가면 치료할 수는 있고? 깜빡이는 숫자들을 응시하던 유미의 표정이 한순간 일그러졌다.

좀비 사태. 전문가들의 의견이야 어떻든 간에 사람들은 벌써 그렇게 부르고 있었다. 그날 목격했던 장면을 떠올려 보면 지금의 상황을 표현하기에 좀비만큼 적당한 단어는 없었다. 하지만 진짜 좀비와 다르게 가해자들은 수 분 내로 제정신으로 돌아왔다. 자기가 조금 전 사람을 뜯어먹었다는 충격을 감당할 수 있는가는 그 다음 문제겠지만.

거리에서 사람이 사라졌다. 이따금씩 모습을 드러내는 사람들은 마스크로 얼굴을 꼭꼭 숨긴 채 급히 걸음을 옮겼다. 많은 가게와 식당들이 문을 닫았고 텅 빈 대로에는 길고양이나 들개들이 어슬렁거렸다. 베란다 너머로 보이는 풍경은 아무도 살지 않게 된 유령도시처럼 황량했다. 다른 이들처럼 집에 숨어있던 유미는 어느 날 짐승의 울부짖음 같은 소리를 들었다. 고통에 찬 비명은 몇 시간 동안 이어지다 어느 순간 뚝 끊어졌다. 그 뒤로도 한참 동안 소름 끼치는 정적을 견뎌야 했다.

전자레인지에서 신호음이 울렸다. 접시를 꺼내자마자 유미는 미간을 찌푸렸다. 데운 미트볼에서 나는 냄새가 역겹게 느껴졌다. 포크를 들고 식탁에 앉았지만 아무리 애를 써도 음식에 집중할 수가 없었다. 환오, 원하는 것은 오로지 그뿐이었다. 집안 전체에 군침도는 냄새가 가득했다. 미쳐버릴 지경으로 꽉 차 있었다. 뱃속에는 매 순간 짐승 같은 허기가 엎드려 누워 있었다. 미트볼을 포크로 이리저리 굴리던 유미는 결국 식탁에서 일어나 접시를 개수대에 집어넣었다.

"너 치과는?"

환오는 유미가 올려준 젖은 손수건을 입술로 빨았다.

"원장님께서 당분간 휴진하시겠대. 그 덕에 직원들도 무기한 휴가."

내리깐 유미의 시선이 환오의 실룩거리는 볼에 닿았다. 근육이 움직일 때마다 잘 익은 망고의 달콤한 냄새를 풍겼다. 두 겹의 마스크를 뚫고 냄새가 조금씩 스몄다.

"정부에서 이거 감염병이라 했다면서."

환오가 조심스러운 눈빛으로 유미를 올려다보았다.

"그럼 너 이거 처벌 받아, 유미야. 감염자 신고 안 하는 거."

흘러내린 머리카락 때문에 이마가 간지러웠다. 유미는 만약 지금 환오가 움직일 수만 있었다면 평소처럼 머리를 쓸어 넘겨 주었을 거라 생각했다. 마스크를 쓰고 있는데도 입안에 침이 고였다. 레몬 사탕을 빠르게 두어 번 굴려 침을 삼킨 뒤 크큼, 헛기침을 했다.

"데려간 감염자들 말이야. 그 후로 얼굴 본 사람도, 소식 들은 사람도 없대."

"뭐?"

환오의 입술이 움직임을 멈추고 벌어졌다.

"가족들이 병원 앞에서 시위하고 난리인데도 꿈쩍도 안 한다더라. 병원으로 들어가는 119 구급차와 병원에서 화장장으로 이동하는 구급차 수가 거의 비슷하단 폭로글도 있었어. 감염자들을 '소각'하는 방식으로 '처리'하고 있다던데. 그 익명의 제보자가."

환오는 떨떠름한 표정으로 시선을 다른 곳으로 옮겼다.

"인터넷에서 떠들어대는 말들을 다 믿을 수는 없지."

"그렇기야 하지만."

유미의 타는 듯한 시선은 침대 위의 한 점으로 향했다. 그렇대도 널 그런 곳으로 선뜻 보낼 순 없잖아. 게다가 밖이 어떤지 알아? 너는 네가 다른 이들에게 어떤 욕망을 불러일으키는지 상상도 못 할 거야.

환오라는 단 한 점으로의 몰입, 그리고 나머지 전체의 소실. 한 줌의 숨이 목구멍을 넘어갔다. 입술이 벌어지고 저도 모르게 입맛을 다셨다. 그의 어깨에 혀를 대고 싶었다. 입술을 맛보고 손등을 깨물고 싶었다.

이처럼 순수한 식욕은 자신이 기억하는 한 처음이란 생각이 들었다. 그건 소유욕과 비슷하면서도 단순한 욕정과는 다른 종류, 이를 테면 감미롭고 달착지근한 맛을 상상하는 것에 가까웠다. 맛있다는 표현보다는 간절하다에 가까운 미각. 사막을 걷다 며칠 만에 맛보는 생수 한 모금, 극한의 감량 후 처음 입에 넣은 보드라운 빵 한 조각, 까마득히 잊고 있던 첫 식사의 기억 같은 것들. 유미는 환오를 볼 때마다 가슴이 벅차오르는 동시에 쥐어짜는 듯한 통증을 느꼈다. 그러다 문득 이 감정이 낯설지 않다는 걸 깨달았다. 식욕은 아니지만, 8년 전 그를 처음 알게 되었던 시기에도 분명 비슷한 갈증을 느꼈다.

제주에 한달살이하러 내려온 환오를 만났을 때, 그는 가만히 제자리에 머무는 걸 가장 힘들어하는 부류라며 자신을 소개했다.

"사실 이 여행도 충동 그 자체예요. 독서실에서 나와 집을 향해 걷고 있는데 갑자기 아무도 없는 텅 빈 집 대신 다른 곳으로 가고 싶어졌어요. 그래서 곧장 발길을 돌려 공항으로 향했죠."

환오는 커다란 덩치에 어울리지 않게 어린아이처럼 웃었다. 그 웃음마저도 자신의 것과는 너무도 다른 모양새라며 그때의 유미는 생각했다.

민들레 꽃씨처럼 가뿐하게 옮겨 다니며 사는 삶이란 건 어떤 걸까. 오랫동안 부모의 통제 아래 살아온 유미의 눈에는 그가 자신과 다른 세상을, 다른 속도로 사는 사람으로 보였다. 환오가 가진 것들은 세상에 만연하지만 자신만은 가질 수 없는 어떤 것으로 느껴졌다. '자유'라는 것으로 유미는 이해했다. 하지만 그는 부끄러운 듯한 표정으로, 그런 거창하거나 대단한 것이 아니라 그저 어디에도 정착하지 못한 것뿐이라고 했다.

"얽매이고 싶지 않다는 둥 많은 경험을 해보고 싶다는 둥 온갖 멋진 말로 포장하는데, 그거 다 허세야. 사실 속으로는 계속 이렇게 살아도 되나 싶지."

멋쩍게 웃는 환오를 보며 유미는 참을 수 없을 만큼 강렬한 갈증을 느꼈다. 홀가분하게 사는 그를 붙잡아 자신의 곁에 뿌리내리게 하고 싶었다. 그랬기에 그가 서울이 아닌 제주대 로스쿨에 지원하겠다고 결정했을 때, 유미는 진심으로 자신이 가진 모든 것을 다 주어도 아깝지 않다고 생각했다.

그랬던 그가 자신이 누운 자리, 한 평도 안 되는 공간에 갇혀버렸다.

초록색 천에 뚫린 구멍 속에서 크게 열린 입이 기다리고 있었다. 유닛체어 위쪽에 달린 조명의 흰빛이 벌어진 입속을 무심히 후벼 팠다. 손에 석션을 든 채 멍하니 입안을 들여다보고만 있었다. 혀 뒤쪽에 침이 고일 때마다 꼴깍하는 소리와 함께 목젖이 잠깐씩 나타났다. 수년간 봐 온 타인의 입속이지만 처음 보는 것처럼 낯설었다. 새삼 어금니가 뭉툭하단 생각이 들었다. 잇몸에 가지런히 박힌 치아들이 터무니없이 작고 보잘것없었다. 날카로움이라곤 없는 조그만 이가 살아있는 사람의 생살을 뜯어내고 씹는 장면을 머릿속에 그렸다. 또다시 입속의 목젖이 움직였다. 아니, 움직인 것은 유미의 목젖이었다.

대기실 쪽에서 높고 날카로운 비명이 울려 퍼졌다. 이어지는 아우성과 혼란스럽게 엉킨 음성들. 진료실에서 달려 나가자마자 가장 먼저 눈에 들어온 건 낭자한 피 웅덩이였다. 하얀 인조대리석 바닥에 생겨난 피 웅덩이 한가운데 사지를 뻗고 누운 남자와 그 위에 올라탄 여자가 있었다. 여자의 얼굴은 남자의 목덜미에 파묻힌 채고, 남자의 초점 없는 시선은 허공에 달랑거렸다.

끔찍함도, 두려움도, 쾌감도, 욕구도 떠오르지 않고 그저 아득함만 느껴졌다. 식욕의 노예가 되어버린, 피 칠갑한 여자와 동일시되는 감각. 무력감에 두 팔이 아래로 늘어뜨려졌다. 이것 보라고, 또 한 발 가까워졌어. 이제 더 이상 남의 일이 아니야. 어느새 정신이 돌아온 여자가 자신이 처한 상황을 이해하지 못하고 휘둥그레진 눈만 굴렸다. 여자가 앉은 차가운 대리석 바닥에 검붉은 액체가 흥건한 웅덩이를 이루었다.

허억, 유미는 물속 깊이 잠겼다 방금 올라온 사람처럼 크게 숨을 들이쉬었다. 상체를 벌떡 일으켜 자신이 앉아있는 바닥을 손바닥으로 더듬었다. 차가운 대리석 바닥 대신 낡은 소파의 가죽이 만져졌다. 꿈이었다. 심장이 섬뜩하리만치 생생한 꿈이었다.

 유미는 소파를 박차듯 일어나 휘청이는 다리를 부여잡고 주방으로 향했다. 무엇이든 먹어야 한다는 절박감에 휩싸인 채였다. 냉동실을 뒤져 냉동 피자 한 조각과 만두 한 봉지를 꺼낸 다음 그것들을 전자레인지에 한꺼번에 집어넣고 조리 버튼을 눌렀다. 안에서 천천히 돌아가는 접시를 간절하고도 매서운 눈으로 노려보며 서 있었다.

 싱크대 앞에 선 채로 입속에 피자 조각을 욱여넣었다. 오래된 치즈에서 나는 구릿한 냄새를 참아내며 유미는 거의 기계적으로 음식을 씹고 있었다. 만두는 그보다는 상태가 괜찮았지만 맛을 느낄 수 없는 건 마찬가지였다. 지금의 유미에게 절실한 건 위장을 가득 채우는 일이지, 맛이나 냄새 같은 건 전혀 중요하지 않았다. 저기 누워있는 환오만 아니라면 어떤 것이라도 상관없었다.

 "유미야."

 그때 침실에서 환오가 불렀다.

 만두를 입속에 넣으려다 말고 유미의 손이 멈췄다. 환오의 목소리에 초조한 기색이 묻어 있었다. 만두를 든 손이 가늘게 떨리기 시작했다. 유미는 들고 있던 만두를 개수대 안에 던져 넣고 싱크대에 몸을 기댄 채 한숨을 내쉬었다. 폐 속에 든 숨을 다 내쉰 뒤 허리와 미간을 펴고 다시 두 겹의 마스크를 썼다.

환오는 입술에 올려진 손수건을 빨아 허겁지겁 물을 삼켰다. 쪼그라들었던 피부에 금세 부둥하게 살이 차올랐다. 유미는 그 모습을 말없이 지켜보았다. 유미의 시선은 남자의 옆얼굴에, 실룩대는 여린 볼 근육에 그윽하고 끈끈하게 달라붙어 있었다.

"아직도 아무 소식 없어?"

환오의 눈빛은 예전에 비해 생기를 잃은 상태였다. 결국엔 남은 부분까지 굳어버리는 걸까. 유미는 그의 눈동자를 보며 숨이 조금 가빠왔다.

"맨날 똑같은 얘기들뿐이야."

유미의 대답에 환오의 눈이 한층 더 혼탁해졌다.

"이 상태가 계속되면 시험은…. 나는, 어떡하지?"

잠시 망설인 뒤에 환오가 덧붙였다.

"그리고 너는?"

"시험 걱정은 그만하라니깐."

유미는 손수건에 새로 물을 적셔 환오의 입술을 덮었다. 둥그렇게 커진 그의 눈동자가 옆으로 굴러 유미에게로 향했다. 도대체 무슨 말을 하는 거냐며 묻는 듯한 눈빛이었다.

"내년이 변시 5회차인 건 알고 있지? 마지막 기회."

"그 시험, 꼭 내년에 봐야 하는 거 아니잖아."

유미는 남 얘기를 하고 있는 것처럼 가볍게 웃었다. 환오의 입술이 움직임을 멈추고 벌어졌다. 갑자기 목이 타는 것 같아 유미는 혀로 입술을 핥았다.

"그러지 말고 좀 더 느긋하게 생각하는 게 어떨까? 내후년이나,

아니면 그 다음 해에 봐도 되니까."

"너는 내가 또 떨어질 거라 생각하는구나."

유미는 그런 게 아니라고 대답하고 싶었지만 입을 꾹 다물었다. 그의 표정이 얼어붙은 걸 보았기 때문이다. 잠시 천장을 노려보던 그가 이내 깊은 한숨을 내쉬었다.

"유미야, 나는 상관없어. 결정은 네가 하는 거야."

뭘 결정하라는 건지 모르겠다는 표정으로 유미는 딱딱하게 굳은 얼굴을 내려다보았다.

"하긴, 이미 그 마지막 기회조차 사라진 걸지도."

여전히 천장에 시선을 둔 채 그가 혼잣말처럼 덧붙였다.

갑자기 유미의 숨소리가 거칠어졌다. 두개골 안쪽이 팽창하여 머리가 터질 듯 압력이 가해졌다. 머릿속에 있는 창고에서 백여 명의 사람들이 한 목소리로 외치는 것 같았다. '먹어, 먹어, 먹으란 말이야!' 언제나 똑같은 말이고, 똑같은 요구였다. 귀를 틀어막아도 아우성은 사라지지 않았다.

어쩌면 그를 먹지 않고 버티는 거야말로 사랑에 역행하는 행위인지도 모르지.

정신이 번쩍 든 유미는 크나큰 충격을 받았다. 조금 전 자신이 너무도 자연스럽게 식욕을 합리화했단 사실을 깨달았기 때문이었다. 냄새 때문에 서서히 미쳐가고 있단 두려움에 사로잡혔다. 자신이 그를 지키는 건지, 위험하게 만들고 있는지 헷갈리기 시작했다. 떨리는 몸을 손으로 감싸며 뒷걸음질 치자 환오가 의심스러운 눈빛으로 쳐다보았다. 화장실로 달려간 유미는 아까 먹었던 것들을 전부 토해내었다. 냉동 피자와 만두였던 것이 엉망으로 뒤섞인 채 변기 물에 흘러 내려갔다.

 정수리에 쏟아지는 물을 맞으며 유미는 한참 동안 꼼짝하지 않았다. 욕실 안은 샤워기가 물줄기와 함께 쏟아낸 뿌연 증기로 가득 차 있었다. 물기를 닦은 뒤 벌거벗은 채 젖은 마스크를 벗고 새 마스크를 썼다. 그리고 마스크의 안쪽 면에 향수를 잔뜩 뿌렸다. 옷을 입고 가장 마지막으로 레몬 사탕을 까서 입에 넣었다.
 욕실에서 나오는데 말소리가 들렸다. 환오가 혼잣말을 하고 있었다. 유미는 그 자리에 가만히 서서 귀를 기울였다. 머리카락에서 물이 뚝뚝 떨어졌다. 환오는 혼잣말이 아니라 누군가와 통화를 하고 있었다. 유미는 한달음에 침실로 달려갔다. 침실 문턱에 서서 숨을 헐떡이는 유미를 환오가 놀란 듯한, 하지만 후련한 시선으로 바라보았다. 그가 누운 침대 발치에 유미의 스마트폰이 놓여 있었다. 켜진 화면에는 선명하게 119가 찍혀 있었다. 수화기 반대편에서 '여보세요? 여보세요?'하는 소리가 들려왔다. 유미는 낚아채듯 스마트폰을 주워 들어 종료 버튼을 눌렀다.
 "너 뭐 한 거야? 설마 신고한 거야?"
 스마트폰을 든 유미의 손이 바들바들 떨렸다. 유미는 환오가 스마트폰 음성인식으로 119에 전화를 걸었음을 깨달았다. 그곳에 폰을 놓아두고 온 건 자신의 실수지만, 그건 경솔했다기보다 환오가 스스로를 신고할 거라곤 상상도 못했기 때문이었다.
 "너 이거 못 버려. 괜한 고집 부리지 마."

환오의 목에서 울분을 삼키는 소리가 났다.

"쉽잖아. 그냥 문 열고 나가서 다시는 돌아오지 않으면 돼."

유미의 눈에 머리 위 천장이 일렁이는 것처럼 보였다. 머릿속엔 환오를 어떻게 숨길까 하는 생각으로 꽉 차 있었다. 침실 안을 빠른 속도로 서성이는 유미를 환오는 서늘한 시선으로 바라보았다. 유미 혼자서 환오를 데리고 도망치는 건 불가능했다. 누군가의 도움을 받는다는 건 더 말이 안 되었다.

"왜 그랬어! 왜 네 마음대로 한 거야!"

눈앞에서 작은 점들이 어지럽게 춤을 추는 것 같았다. 환오에게 다가가는 걸음걸이가 위태위태했다.

"유미야, 이제 그만 솔직해질 때도 됐잖아. 우린 이미 오래전에 끝났어. 그동안 날 참아 내느라 고생 참 많았다."

환오의 목소리는 사막처럼 건조했다. 유미는 피가 거꾸로 솟는 걸 느꼈다. 몸속에서 뇌관이라도 터진 것처럼 머리끝까지 열이 올랐다. 거칠어진 숨이 마스크 속의 진한 향수 냄새를 덮어갔다.

"참아? 끝났다니? 난 지금도 널 위해 최선을 다하고 있잖아!"

"날 위한 게 아니라 널 위해서겠지. 넌 늘 그랬으니까."

얼음처럼 차가운 물이 둘 사이의 공기를 삽시간에 얼어붙게 했다. 그 가운데서 환오의 눈동자만이 형형한 광채를 내며 빛났다.

"내가 모를 거라 생각했어? 네가 나를 어떤 눈으로 보고 있는지?"

"도대체 무슨 말이 하고 싶은 거야?"

"나는 짐이야. 네 어깨에 매달린 무겁고 거추장스러운 짐짝이라고."

유미는 발아래의 얇은 얼음 층에 금이 가는 소리를 들었다. 아니라고, 너를 짐으로 여긴 적은 단 한 번도 없다고, 너를 사랑하는 마음은 조금도 변하지 않았다고 소리치려 했다. 하지만 입이 떨어지는 대신 그에게 달려들어 그의 입을 틀어막고 싶었다. 다음 말이 튀어나오지 못하게 막고 싶었다. 대화를 끝내고 싶었다. 환오의 관자놀이에 푸르스름하게 핏대가 섰다.

"네 눈 속에서 점점 더 실망이 커져 가는 걸 옆에서 지켜보는 게 어떤 기분인지 알아? 네 눈치를 보는 것도, 네가 헤어지자고 할까 봐 전전긍긍하는 것도 더는 못하겠다."

"헤어지자고 하다니? 내가 언제? 널 책임지려는 게, 널 지키려는 게 너를 사랑하기 때문이라고는 생각 안 해봤어?"

그 순간 유미는 고통으로 일그러진 환오의 얼굴이 열리는 걸 보았다. 그의 깊숙한 안쪽이 밖으로 훤히 드러나며 그 속에 있는 진짜를 보고 말았다.

"그게 사랑 때문이라고? 아직도 그런 식으로 자신을 속이려는 거야? 너는 그냥 관성으로 나를 참아내고 있을 뿐이잖아! 우리가 정반대의 입장이길 얼마나 간절히 바랐는지 알아? 나라면 절대 너처럼은 하지 않았을 거야!"

입에서 칼날 같은 비난이 쏟아졌다. 환오의 안에 있던 것들이 밖으로 튀어나왔다. 유미는 온몸이 산산조각 나는 듯한 충격을 받아들이고 있었다. 주저앉지 않으려고 버티고 서 있는 게 고작이었다. 환오를 지키려고 애써 온 시간이, 아니, 함께했던 시간 전체가 부정당한 기분이었다.

사이렌 소리가 울렸다. 유미는 막 악몽에서 깨어난 사람처럼 눈을 크게 떴다. 먼 곳에서 들려오던 구급차 사이렌이 빠른 속도로 가까워지더니 건물 입구 쪽 1층 부근에서 요란하고 날카롭게 울었다. 차 문이 여닫히는 소리와 철컹철컹, 들것을 내리는 듯한 소리도 들려왔다. 다급해진 유미가 환오에게 얼굴을 바짝 들이대고 검지를 입술에 댔다. 쉬-쉬잇. 유미의 이마에 땀이 배어나 번들거렸다. 환오의 눈빛에 각얼음을 올려놓은 듯한 냉기가 서려 있었다.

"유미야, 여기까지만 하자. 그냥 날 보내."

도무지 말이 통하지 않는다는 절망, 유미는 바닥이 없는 늪에 가라앉고 있었다. 꾸덕꾸덕한 진흙이 코와 입속으로 들어왔다. 목에 낀 찌꺼기를 손을 넣어 긁어내고 싶었다. 다수의 무리가 계단을 올라오는 소리가 들렸다. 방호복의 외피가 스치는 독특한 소리가 어지럽게 얽히며 계단과 복도 전체를 울렸다. 환오의 눈동자가 상처 입은 야생동물처럼 희번덕거렸다.

"감염자 여기 있어요! 빨리 데려가요!"

"미쳤어? 그만 좀 해!"

유미가 달려들어 환오의 몸에 올라타 손바닥으로 입을 틀어막았다. 환오가 머리를 세차게 내저어 저항하려 했다. 하지만 마음과는 달리 표정만 엉망으로 일그러졌다. 조용, 제발 좀 조용히 해! 환오의 가슴을 깔고 앉은 채 유미는 입을 막은 손바닥에 점점 더 힘을 주었다. 환오의 얼굴색이 물러진 홍시처럼 새빨개지고 관자놀이엔 퍼렇게 핏발이 섰다. 무력함을 깨닫고 절망한 눈빛이었다. 위에서 그를 내려다보던 유미는 자신의 안, 가장 깊은 바닥으로부터 비정

형의 덩어리가 명치를 향해 치밀어 오르는 걸 느꼈다. 환오가 사람으로 느껴지지 않았다. 그를 먹고 싶었다.

침이 입 밖으로 넘쳐흘러 마스크 안쪽이 흠뻑 젖었다. 레몬 사탕의 향도, 짙은 향수 냄새도 지워지고 온 마음을 휘어잡는 강렬한 냄새의 향연이 펼쳐졌다. 정신이 아찔해질 정도의 황홀경. 유미의 눈으로 보는 세상이 온통 새빨간 빛으로 채워졌다. 참을 수 없이 유혹적이고, 날 것이며, 모든 것을 허용하고 또 집어삼키는 색이었다. 점점 강해지는 생고기에 대한 선명한 환상들에 마음을 빼앗겼다. 피가 배어날 듯한 선홍색, 탄력 있는 근육의 질감, 정육점의 붉은 조명, 뚝뚝 떨어지는 뜨끈한 피, 살을 얇게 저밀 때의 질척대는 찰기. 극심한 허기가 몸속에서 휘몰아쳤다.

환오가 핏발 선 눈동자를 이리저리 굴렸다. 그의 목덜미에선 찰기가 도는 진득한 냄새가 났다. 손바닥에 짓눌린 볼은 야들야들해 보였다. 유미는 자신의 목구멍에서 새어 나오는 짐승의 그르렁거림 같은 소리를 들었다.

'차라리 나를 먹어줘! 나를 먹어 달라고!'

그가 그렇게 외치는 걸로 보였다.

한 시간 남짓 빌라 건물 전체를 소란하게 만들던 발소리들이 모두 떠나갔다. 유미는 비릿한 피 냄새를 견디며 숨을 헐떡였다. 마스크 안쪽은 찢어진 입술에서 흐른 피로 온통 검붉은 색으로 물든 채였다. 유미는 환오를 향해 상체가 고꾸라지던 순간을 떠올렸다. 이 사이로 침이 흐르던 것도 기억났다. 마지막 순간 앞니로 아랫입술을 강하게 깨물지 않았더라면, 그 생각을 하자 심장이 싸늘하게 얼어붙었다. 침대 위의 환오는 새파랗게 질린 얼굴로 천장만 응시하고 있었다.

신고를 받고 출동한 구급대원들은 정작 환오를 발견하지 못하고 돌아갔다. 5층에서 또 다른 감염자의 시신을 발견했기 때문이었다. 복도의 어수선한 발소리는 4층 유미의 집 앞에서 잠시 머뭇거리다 5층으로 올라갔다. 거기에서 끔찍한 냄새가 난다고 누군가 중얼거렸다. 환오의 입을 틀어막은 채로 유미는 숨죽였다.

"계십니까?"

답이 없는지 연거푸 초인종 소리와 함께 계십니까, 하는 소리가 이어졌다.

"이리 좀 와 봐, 여기 이상해." 방호복의 바스락거림과 전동 공구가 작동되는 부산한 소리들이 한동안 들려왔다. 현관문에서 도어락이 뜯길 때의 커다란 소음, 그 후엔 우욱 하는 욕지기와 나지막한 탄식이 여러 명의 목소리로 들렸다. "야, 사람 불러야겠다, 사망한 지 한참 됐어." 이어 무전기가 치직거리는 소리를 냈다.

"스위트빌라는 맞는데, 5층 502호요. 여기 지금 시신 수습 필요합니다. 네, 두 구요. 감염자 한 사람과 자살자 한 사람, 총 두 구."

분주한 발소리들이 완전히 사라질 때까지 유미는 환오의 몸 위에서 웅크린 채 버렸다.

그들이 실수를 깨닫고 다시 돌아오기까진 얼마나 걸릴까. 구급차 사이렌 소리가 떠나가고 몇 시간이 흘렀는데도 양손의 떨림이 멈추지 않았다. 소파 한쪽 구석에 무릎을 세우고 앉아 양팔로 다리를 끌어안았다. 끝이라고 말하던 환오의 꺼칠한 입술이 머릿속에 맴돌 았다. 감염자가 여기 있다고 소리치던 입술과 유미의 손바닥 안에 서 납작하게 짓눌리던 입술의 감촉이 떠올랐다. 그것들이 전부 같 은 입술이며 더군다나 환오의 것이라는 게 믿어지지 않았다.

유미는 침실 쪽을 쳐다보는 것조차 두려웠다. 평소와 똑같은 속도 로 숨을 쉬기 위해선 애를 써야 했다. 차곡차곡 쌓이는 적막에 질 식할 것 같아 텔레비전을 켰다. 유미는 치킨과 아이스크림과 위장 약 광고가 지나가고도 한참 동안 화면에 시선을 고정해 두었다.

"가해자들의 대부분이 현재 상해치사죄로 기소되고 있거든요? 살 해 의도가 없는 것으로 보고 있단 말입니다. 하지만 이젠 그조차 안 해야 한다는 얘깁니다. 따지고 보면 이 사람들도 피해자거든 요."

"그러기 위해선 상황이 벌어졌을 때 식인 충동을 얼마나 자제할 수 있었느냐, 또는 어느 정도 상황을 인지하고 있느냐, 이걸 확인 하는 게 관건이라 볼 수 있지요. 말하자면, 고의성을 밝히는 게 중 요한 것 아니겠습니까?"

"얼마 전, 아들을 먹고 그 자리에서 자살한 엄마의 시신이 발견됐 었죠. 과연 이걸 고의성을 갖고 한 행동이라 볼 수 있습니까? 즉, 이들을 심신상실 상태로 봐야 한다는 말입니다. 가해자들은 이미 충분히 고통 받고 있습니다."

텔레비전 화면 속에선 열띤 토론이 한창이었다. 이젠 가해자의 사면을 논의해야 할 때라는 쟁점이 사회자와 패널들 사이를 뜨겁게 달구고 있었다. 식인에 대한 처음의 충격은 수그러들고 사람들은 벌써 다음 단계로 나아가는 중이었다. 하지만 그런 말들은 유미의 주위에 먼지처럼 흩어져 떠돌 뿐이었다. 유미의 멍한 시선은 텔레비전 화면 대신 식탁 위 레몬 사탕 병에 닿아있었다. 사탕은 바닥에 깔릴 만큼 아주 조금 남아 있었다. 머지않아 텅 빈 부분이 유리병을 독차지하게 될 거였다.

물을 찾을 때가 한참 지났는데도 환오는 유미를 부르지 않았다. 환오의 피부가 겨울을 나는 중인 나무처럼 말라가고 있었다. 유미는 아무 말 없이 그의 곁에 다가가 마른 껍질이 벗겨지기 시작한 입술 위에 젖은 손수건을 올려주었다.

"내버려 둬. 그냥 이대로 말라비틀어지게."

하지만 입술 사이로 물기가 스며들자 퍼석하던 피부가 금세 생기를 되찾기 시작했다. 그 사실이 못내 괴로운지 환오가 눈을 질끈 감았다.

"……비참하다."

목구멍에서 흐느낌이 새어 나왔다. 유미는 눈물이 그의 옆얼굴을 따라 흐르는 걸 멍하니 바라보았다.

문득 자기가 알고 있던 환오가 저기 누워있는 저 남자가 맞나 하는 의문이 들었다. 처음 만났을 무렵의 그는 어깨가 넓고 언제나 움직이고 있던 것으로 기억했다. 호기심에 차 있고, 직접 부딪혀봐야 직성이 풀리고, 마치 흘러넘치는 생명력이 온몸에서 발산되는 듯한 모습이었다. 그때의 유미는 그를 독차지할 수만 있다면 무엇이든 할 수 있다고 생각했다. 함께 살자는 제안을 듣고 그가 진심으로 기뻐했을 때 유미의 마음속에는 아무도 모르게, 환오조차도 모르게, 굳건한 심지 하나가 섰다. 내가 지켜내야지, 누구도 깨뜨리지 못하게 내가 지켜낼 거야. 하지만 단단하고 커다랗던 환오를 깎고 깎아서 약하게 만든 건 바로 그 심지였다. 저기 누워있는 남자는 본래의 모습을 잃어버린 낯선 사람이었다.

그렇다 해도 관성으로 그저 참아내고 있을 뿐이라는 환오의 말에는 끝끝내 동의할 수 없었다. 너를 사랑한다고, 우리는 똑같은 말을 다른 방식으로 하고 있는 거였다. 하지만 욕망이 너무 뜨거워서 서로를 불사르는 결과를 낳는다면 그걸 사랑이라고 부를 수 있을까.

"정말 나 없이도 괜찮겠어?"

유미는 그 목소리가 자신에게서 흘러나왔단 사실을 깨닫고 흠칫 놀랐다. 할 수만 있다면 그 말을 내뱉기 전으로 돌아가고 싶었다. 환오의 입술이 천천히 벌어지는 것을 지켜보면서 눈을 질끈 감지 않으려고 애썼다. 그래도 괜찮을 거라는 대답을 듣게 될까 봐 두려웠다. 그의 입술이 어린잎보다도 연약하게 떨렸다.

"아냐, 유미야. 내가 실수했어. 미안해."

그 말을 듣는 순간 유미의 심장이 철렁하고 내려앉았다. 너 없이도 괜찮다는 대답을 상상했을 때보다 더 가파르게 곤두박질쳤다. 환오의 눈빛은 불씨가 사그라든 뒤 타고 남은 재처럼 보잘 것 없고 위태로웠다. 제발 날 버리지 마. 널 실망시키지 않을게. 내가 더 잘할게. 그러니까,

"우린 처음부터 다시 시작할 수 있어."

환오는 힘주어 말했다. 유미는 깊디깊은 물속으로 가라앉는 것처럼 가쁜 숨을 몰아쉬었다. 그를 처음 만난 것처럼, 마치 지금 처음 본다는 듯이 그의 얼굴을 쳐다보았다. 그의 옆얼굴이 확신에 차 있는 것처럼 보였다.

초인종이 연이어 울렸다. 날카로운 소리가 온몸을 찔러대는데도 유미는 현관문 앞에 서서 꼼짝하지 않았다. 초인종의 간격이 점점 짧아지고 문밖의 웅성거림은 커져갔다. 만약 초인종 소리가 영원히 멈추지 않더라도, 셀 수 없이 많은 사람들이 매일 찾아와 '계십니까.'를 외치더라도 유미는 절대로 문을 열어주지 않을 작정이었다. 사람들이 현관문을 부수려고 시도하더라도 끝까지 문손잡이를 놓지 않을 각오였다. 그랬는데, 무언가가 끊어졌다. 유미의 안에 있던 단단한 문이 현관문보다 먼저 부서졌다.

유미는 꽉 붙들고 있던 문손잡이에서 천천히 손을 떼고 체인과 잠금장치를 차례로 풀었다. 머릿속에서 다른 이가 명령을 내리고 그 목소리가 시키는 대로 움직이는 것처럼 기계적인 동작이었다. 문이 열리고 하얀 방호복을 입은 사람들이 문에서 와르르 쏟아졌다. 누구 하나 멀뚱히 선 유미에게는 관심조차 주지 않고 냄새의 진원지를 찾아 빠르게 흩어졌다. 어이없을 만큼 간단했다. 숨이 안 쉬어질 거라 예상했던 유미는 조금 놀란 표정을 지었다. 오히려 깊게 박혀있던 가시가 쑥 빠진 것처럼 후련했기 때문이다. 더 이상 곪지 않아도 된다는 사실이 실감 났다. 그리고 이제 진짜 끝이라는 것도.

유미는 혼자 현관에 서서 수색대가 침실 문을 여는 소릴 들었다. 방호복이 바스락거리는 소리가 허공에 풀풀 날리는 걸 보았다. 유미를 찾는 환오의 목소리에 놀람과 당혹스러움이 배어있었다. 하지만 그 순간의 유미는 그가 받게 될 상처와 자신이 받게 될 원망조차 전부 손에서 놓아버린 상태였다. 텅 빈 가슴 속에선 아무런 감정도 들지 않았다. 그동안 그렇게까지 뜨겁고, 또 부풀었다는 게 믿기지 않을 정도였다. 유미는 느릿한 발걸음으로 현관문을 열고 복도로 나갔다. 방호복 외피가 만드는 소란과 계속 유미의 이름을 외쳐 부르는 환오의 절규가 닫힌 현관문 뒤로 사라졌다. 땀에 젖은 마스크를 벗어 그곳에 떨궜다.

문이 닫힌 뒤로 무언가가 어깨를 짓눌렀지만 그게 후회인지 슬픔인지는 유미 자신도 몰랐다. 하지만 계단을 내려가는 동안 오랜 기간 외투처럼 덧입고 있던 껍데기가 한 꺼풀씩 벗겨졌다. 발이 가벼워지다 못해 이러다 언젠가는 허공으로 떠오를지도 모른단 생각이 들었다. 내내 붙들고 있던 마음을 갑자기 놓아버리는 것, 이별이 원래 이런 건가 하고 혼자 깨우쳐 갔다.

간만에 정통으로 마주한 빛살은 말 그대로 머리 위로 쏟아져 내렸다. 계단을 내려오는 동안 하릴없이 가벼워졌던 유미는 갑자기 덮친 흰빛의 무게를 이기지 못하고 화단의 경계석 위에 주저앉았다. 입안에서 사탕이 이리저리 구르면서 이에 부딪혀 달그락 소리가 났다. 그리고 환오의 웃음소리가 들렸다.

"네 이름은 꼭 사탕 같다니깐. 유미. 작고 달콤한데 약간 레몬 맛이 나는."

그제야 유미는 유리병에 든 레몬 사탕을 샀던 이유를 기억해 냈다. 두 사람이 함께 살기 시작한 무렵 우연히 들른 조그마한 수제 사탕 공장에서 그가 그렇게 말했다. 목구멍에서 샌 탁한 흐느낌이 달그락거리는 소리와 함께 입속에서 굴러다녔다. 머리 위에선 새하얀 빛이 쏟아지고, 입속에선 흐느낌이 구르고, 그러다 놓쳐버린 레몬 사탕이 바닥까지 떨어져 따닥, 아스팔트에 부딪혀 산산조각났다.

요기

"다른 사람들은 필요 없어. 너만 진짜야.
저들 중에 가애, 너만 진짜라고."

요가원 내부는 한쪽 빈 벽에 이국적인 문양의 커다란 천이 걸려 있을 뿐 별다른 장식 없이 휑했고, 바닥 전체에 초록색 고무매트가 깔려있었다. 휘연이 막연히 상상해 오던 모습과는 한참 거리가 멀었다.

　"비달라아사나!"

　남자의 말이 끝나기가 무섭게 열한 명의 여자들이 고양이가 기지개를 켤 때처럼 상체를 낮춰 엎드렸다. 휘연은 실눈을 떠서 맞은편 여자를 흘깃한 뒤 한 박자 늦게 엎드렸다. 팔을 앞으로 쭉 뻗어 턱과 가슴을 바닥에 붙이고, 엉덩이는 반대로 하늘로 치켜올렸다. 얼마 지나지 않아 바닥에 대고 있는 턱이 뻐근해지기 시작했다. 제대로 하고 있는 게 맞는가 하는 의심이 든 휘연은 슬그머니 실눈을 떴다. 바로 눈앞에서 새하얀 고양이가 기지개를 켜고 있었다. 맞은편에 있는 여자와 똑 닮은 자세인 데다 완벽하기까지 했다. 심지어 둘은 생김새마저 비슷했다. 몸이 부들부들 떨리는 와중에도 휘연의 머릿속엔 요가 동작들이 동물들의 움직임에서 따온 거라는 글을 읽었던 기억이 났다. 게다가 요가원에서 키우는 고양이라면 뭐가 달라도 다르겠지. 눈을 질끈 감자 휘연의 미간에 주름이 졌다.

"처음이니 앞의 가애 쌤 보고 따라하세요."

남자의 나지막한 목소리가 어깨를 타고 넘어오자 휘연은 반짝 눈을 떴다. 산스크리트어로 된 요가 자세 이름을 알아들을 수 없어 난감해하던 차에 살았다 싶었다.

"차크라아사나!"

남자의 목소리에 힘이 실리자 천장을 보고 누워 준비 자세를 취하고 있던 여자들이 팔을 쭉 뻗어 바닥을 밀었다. 허리가 뒤로 꺾이고 두 팔과 두 다리로 지탱한 채 몸은 아치 기둥처럼 휘어졌다. 여자들의 표정이 일그러지고 여기저기서 얕은 신음이 새어 나왔다. 다른 여자들의 아치가 하나둘씩 바닥으로 무너져 내렸다. 하지만 가애라 불린 수련생의 표정은 잠든 사람처럼 평온했다. 역으로 둥 그렇게 휘어있던 가애의 몸이 유연한 대나무처럼 돌아와 제자리를 찾았다. 방금 전의 파워풀한 퍼포먼스를 저토록 우아하게 표현할 수 있단 사실에 놀라 휘연의 눈이 크게 떠졌다. 밀가루 반죽처럼 희고 가느다란 가애의 두 팔은 공중에 뜬 몸을 지탱하면서도 끄떡없었다. 허리는 앞으로 구부러지는 것만큼이나 쉽게 뒤로도 휘어졌다. 우아한 손끝은 금동미륵보살 반가사유상에서 본 것과 똑같았다.

비라아사나. 남자의 지시가 떨어지자 무릎 꿇어앉았던 여자들이 발뒤꿈치를 바깥으로 빼고 그 사이에 엉덩이를 내려놓았다. 다른 이들이 안정적으로 바닥에 엉덩이를 붙이고 앉은 것과는 달리 휘연의 엉덩이는 바닥에서 십 센티미터쯤 떨어진 채였다. 엉거주춤한 자세로 앉은 채 시간이 흐르니 오른쪽 발목과 종아리가 저려왔다. 오른손은 뒤꿈치를 덮었다, 발목을 주물렀다 하며 허둥댔다. 더 이상 버틸 수 없다고 생각했을 때 휘연은 온기가 오른쪽 발목을 부드럽게 감싸는 걸 느꼈다.

"여기 다친 적 있어요?"

눈이 휘둥그레진 휘연을 향해 남자는 "보면 다 알아집니다."라며 은은한 미소를 보여주었다. 휘연은 작년 8월 술을 진탕 마신 뒤에 귀가하다 층계참에서 발을 헛디뎠던 일을 떠올렸다. 별것 아닌 사고였지만 이후로는 어떤 특정한 자세를 취할 때마다 오른쪽 발목 복사뼈 부근이 뻐근해지곤 했다.

"그래도 많이 굳지는 않았네요. 딱 좋을 때, 잘 찾아왔어요."

순간 휘연은 숨을 멈추었다. 맨얼굴로 시린 겨울을 보냈던 자신에게 '딱 좋을 때, 잘 찾아왔어요.' 이 한마디는 느닷없이 찾아온 봄의 훈풍으로 느껴졌다. 어떻게 알았을까? 삶이 굳어가고 있다는 느낌, 바로 그것 때문에 이곳을 찾았다는 걸. 휘연은 이 남자가 단순히 발목 상태를 말하고 있다고는 생각되지 않았다. 그동안 진정으로 찾고 싶었던 것을 여기서 찾은 건지도 모른다는 강렬한 예감과 함께 가슴이 뛰기 시작했다.

한 시간 반의 수련이 끝나고 매트와 담요를 정리하는 여자들 사이로 고양이 세 마리가 어슬렁거렸다. 그 나긋한 걸음걸이와 비슷한 모양으로 남자 선생이 휘연에게 다가왔다. 남자는 조금 마르긴

했지만 곱상하다고 할 수 있는 얼굴이었다. 피부는 흰 편이고 볼살이 없어 콧대와 턱선이 도드라져 보였다. 수련생 서너 명 정도가 남자와 휘연을 곁눈질로 흘깃했다.

"그러고 보니 이름도 안 물어봤네요. 이름이 어떻게 됩니까?"

"이, 휘연요."

그 순간 휘연은 그의 표정 위로 온화함이 피어나는 걸 보았다. 모란꽃이 느리게 꽃잎을 펼치는 이미지와 똑같았다. 남자의 얼굴에서 모란꽃을 연상하게 될 줄이야!

"휘연 쌤."

남자의 입가에 은은하다고 할 수 있는 미소가 감돌았다. 휘연의 볼과 목덜미에 불그스레한 온기가 번졌다.

"이곳에선 모두가 선생님이지요. 난 연오 쌤이라 불러 주시면 됩니다."

얼굴이 붉게 달아오를 만큼 심장이 빠르게 뛰었다. 허름한 간판 뒤에 숨겨져 있던 보물 상자를 찾은 기분이었다. 지금에야 이곳을 찾은 것에 화가 날 정도였다.

요가원을 나섰을 때는 정오가 다 된 시각이었고 구름 한 점 없는 하늘로부터 햇빛이 수직으로 떨어졌다. 그렇다 해도 아직 초봄에 불과한 계절이라 겉옷을 입지 않고 돌아다닐 정도는 아니었다. 레깅스나 요가복 위에 경량패딩을 껴입은 여자 다섯이 휘연에게 다가왔다. 그중에는 가애도 끼어있었다.

"함께 점심 식사하실래요?"

가애가 생글생글 웃으며 휘연에게 말을 걸었다. 안 그래도 흰 피부가 정통으로 햇빛을 받아 불 켜진 전구처럼 자체발광하는 듯했다. 방금 전까지 휘연은 얼른 집에 돌아가 눕고 싶단 생각뿐이었지만 그런 생각을 했다는 사실조차 잊어버렸다. 통통한 체구에 넉살스러운 인상의 여자가 가애 옆에서 불쑥 튀어나와 "가요, 가요!"하며 유난을 떨었다. 여자들의 무리는 요가원 근처 돌솥밥집으로 이동했다. 늘 가는 곳인지 걸음에 망설임이 없었다.

"어때요? 요가는 할 만 하셨어요?"

가애가 휘연의 맞은편에 앉더니 먼저 친근하게 웃어 보였다.

"보는 것과는 엄청 다르네요, 요가. 온몸을 두들겨 맞은 것 같아요."

휘연이 우는 소리를 하자 그제야 어색함이 풀어진 나머지 사람들이 "맞아요, 원래 처음엔 다 그래요." 하면서 한 마디씩 던졌다.

"휘연 쌤 맞죠? 저는 권가애라고 해요."

휘연은 원래 사람 얼굴과 이름 외우는 것에 자신이 없었지만 이 인형처럼 오밀조밀하게 생긴 여자는 절대 잊을 수 없을 거라 확신했다. 머릿속에 영화 〈엑소시스트〉에서 악령에 씐 소녀가 기괴한 자세로 계단을 내려오던 장면과, 가애가 그것과 똑같은 자세를 취하고도 시종 우아하고 평온하던 것이 동시에 떠올랐다.

"전 처음에 가애 쌤이 부원장쯤 되시는 줄 알았어요. 연오 쌤은 지시만 내리시지 직접 동작을 하지는 않던데, 혹시 연오 쌤보다 가애 쌤이 더 잘하시는 것 아녜요?"

휘연의 말에 가애가 눈매를 둥글리며 웃었다.

"그럴 리가요. 제가 이 요가원에서 가장 오래 수련을 해오긴 했지만, 그래도 연오 쌤의 경지에 다다르려면 한참 멀었어요."

"에이, 한참 멀기는! 우리 가애 쌤 정도면 지금 당장에라도 독립해서 자기 요가원 차릴 수준이지."

가애 옆자리에 앉은 여자가 호들갑스럽게 떠들었다. 목소리가 너무 커서 순간 휘연의 눈살이 찌푸려졌다. 통통한 체구, 넉살스러운 인상에 유달리 목소리가 큰 그 여자의 이름은 박정주였다. 아까부터 정주는 가애과 휘연의 대화 사이에 불쑥불쑥 끼어들고 있었다. "정주 쌤은 완전 가애 쌤 바라기라니깐." 주변에서 작게 키득거렸다. 가애는 민망하다는 듯 손을 내저었다.

"독립이라뇨, 전 그런 생각 없어요. 연오 쌤 밑에서 계속 수련해야죠."

그때 가애의 볼이 살짝 발그레해지는 게 휘연의 눈에 들어왔다. 정주로 인해 찌푸려졌던 미간이 순식간에 활짝 펴졌다. 자신이 연오에게서 특별한 무언가를 발견했듯 가애 역시 그런 거라고 확신했기 때문이다. 가애를 보는 휘연의 눈동자에 빛이 났다.

"저도 그래요. 연오 쌤에게 제대로 배워 보고 싶어요. 전 이제 시작했지만, 열심히 하면 가애 쌤만큼 할 수 있겠죠?"

그러자 다른 테이블의 사람이 깜짝 놀랄 정도로 정주가 경망스럽게 웃어젖혔다.

"권가애 쌤이요? 아니, 욕심을 너무 심하게 내시는 거 아녜요?"

무안해진 휘연은 입을 꾹 다물었다. 자기를 대신해 누군가 정주에게 주의를 주리라 기대하며 기다렸다. 하지만 모두 익숙한 상황인

듯 아무 반응이 없었다. 휘연의 시선을 느낀 가애가 눈을 마주치자
마자 생글, 눈웃음 지었다.

"휘연 쌤, 오늘 정식으로 요가원 등록하셨으니 이제 우린 도반이
네요. 내일부터는 수련 전에 하는 차담 시간에도 꼭 뵈었으면 좋겠
어요. 참, '도반'은 함께 수행하는 벗을 뜻한대요."

휘연은 "도반…."이라고 따라 말하다 마음이 하르르 풀어진 채 웃
었다. 혹시 그녀도 커피 좋아하려나, 나중에 다른 여자들 없을 때
가애에게만 살짝 물어봐야겠다고 마음먹었다.

부장가아사나, 고개를 쳐든 뱀의 모양을 한 동작. 수련생들은 엎
드린 자세에서 손바닥으로 바닥을 짚고 팔을 쭉 뻗어 상체를 일으
켰다. 등과 허리가 뒤로 젖혀지며 둥그런 만곡을 그렸다. 정적 속
에 가늘고 긴 숨소리만 이어지고, 나란히 정렬한 여자들의 신체는
시간이 흐를수록 사물처럼 보여졌다. 장방형의 수련실 전체가 하나
의 정지된 풍경으로 고정되었다. 연오의 목소리가 정적을 뚫고 잔
물결이 되어 퍼졌다.

"도반님들, 눈앞에 등불을 하나 켠다고 상상해 보세요."

눈을 감고 있던 휘연은 캄캄하던 시야의 한구석에 노란 등불이
켜지는 걸 보았다. 어둠을 밝히기엔 너무 약한 등불이 어디선가 새
어 들어오는 실바람 때문에 가늘게 떨렸다.

며칠 전 휘연은 연오의 비파리타 살라바아사나를 보고 난 뒤, 연
오 쌤의 경지에 다다르려면 한참 멀었다던 가애의 말을 납득했다.
〈올드보이〉의 유지태도 사실은 다리를 와이어에 걸고 위에서 당긴

거라 고백했던 그 동작을 눈앞에서 보았을 때 휘연은 한참이나 입을 다물지 못했다. 경이롭다 못해 기괴하기까지 한 모습이었다. 하지만 완벽을 선보인 직후 연오는 예의 소박한 말투로, 욕심을 내려놓아야 한다며, 요가 수행을 하는 목적이 바로 그것이라 했다. 서두르지 말고 천천히, 이 말은 요가 동작이 되지 않아 호흡이 거칠어지려는 수련생들에게 연오가 항상 강조하는 말이었다.

"그 등불을 지켜보세요. 그리고 의식이 흐르는 것을 느껴봅시다. 섬세하게, 또 아주 미세하게. 호흡의 결을 따라 마음을 가만히 들여다보세요."

휘연은 눈앞의 조그마한 등불이 바로 연오라고 생각했다. 그를 따라가다 보면 캄캄했던 삶, 속수무책으로 굳어가던 삶으로부터 벗어날 수 있을 것만 같았다. 혼자만의 사색에 잠긴 듯도, 슬픔이 깃든 것처럼도 보이는 연오의 눈빛을 떠올리면 잔잔하던 심장이 빠르게 뛰었다. 그럴 때마다 휘연은 마치 자신이 짝사랑에 빠진 이십 대 같다고 생각했다. 그러다 문득 연오의 눈빛이 가애를 볼 때는 어렴풋이 변한다는 사실이 머릿속에 떠올랐다.

관자놀이를 따라 땀방울이 굴렀다. 오래 버티고 있었던 탓에 몸을 지탱하고 있는 팔이 저려왔다. 손이 푸르딩딩한 색으로 변하고 팔 전체에 가벼운 경련이 일었다. 눈앞의 등불이 사라졌다. 모든 신경이 팔의 통증으로만 향했다. 눈을 뜨고 싶은 충동이 파도처럼 밀려와 휘연을 덮쳤다. 견디다 못한 휘연이 팔을 조금 움직이자 바닥에 붙어 있던 손바닥이 떨어지며 쩌적, 소리가 났다.

"깨달음이 있으려면 필연적으로 고통을 수반할 수밖에 없습니다.

그러니 부동, 고요히 머무르십시오."

곧바로 연오의 질책이 날아왔다. 휘연은 캄캄해진 눈앞에 다시 등불을 켜기 위해 애썼다. 하지만 한번 흐트러진 집중을 되살리기는 쉽지 않았다. 꿈쩍인 덕분에 잠깐 돌아왔던 팔의 감각이 급격히 사라져 갔다. 빛이 잘 드는 창가에 자리 잡은 고양이 세 마리는 몸을 둥글게 말고 미동조차 없었다. 완벽한 부동을 너무나도 손쉽게 이뤘다.

"가끔은 요가원 고양이들 보면서 열받는다니깐."

휘연이 컵을 내려놓으며 툴툴댔다. 아이스 라떼 속의 얼음을 빨대로 휘젓던 가애는 웃음을 터트렸다.

"고양이한테 왜 화를 내요? 그거 다 언니가 욕심내서 그런 거예요. 연오 쌤이 아사나에 욕심내면 안 된다고 하셨잖아요."

휘연과 가애는 두 번째 사적인 만남 이후부터 언니, 동생 사이로 지내기로 합의했다. 휘연으로서는 이례적으로 빨리 가까워진 거였다. 그만큼 휘연의 눈에 비친 가애는 너무도 곱고 예뻤다.

휘연이 추천한 카페는 시내에서 조금 떨어진 외곽에 위치해 정면에는 커다란 나무, 뒤편에는 감귤밭으로 둘러싸인 조용한 장소였다. 오래된 감귤 창고의 외벽을 살린 채 내부를 현대적으로 개조한 카페 안은 주인이 직접 블렌딩한 원두의 오묘한 향으로 가득 차 있었다. 둘은 커다란 창을 통해 앞마당을 내다볼 수 있는 기다란 테이블에 나란히 앉은 채였다.

"아까 나 연오 쌤한테 혼난 거 들었어? 창피해 죽는 줄 알았잖아.

찔끔 움직였을 뿐인데 손바닥에서 그렇게 큰 소리가 날 줄이야!"

고요를 깨뜨리던 쩌적, 소리가 떠올라 "들었죠, 웃음 참느라 이 꽉 깨물었잖아요." 가애가 커피를 홀짝이며 웃었다.

"그래도 언니 진짜 많이 늘었어요. 시작한 지 얼마 안 됐으면서 벌써 몇 년은 수련한 숙련자 같아요."

연오를 만나고 얼마 지나지 않아 휘연은 요가에 푹 빠져 버렸다. 아침에 눈을 뜨자마자 가장 먼저 드는 생각이 빨리 요가원에 가고 싶다는 거였고, 수련을 마치고 돌아오는 길엔 유독 힘든 동작을 어떻게 하면 잘할 수 있을까에 대한 고민으로 머릿속이 꽉 차있었다.

"이렇게 힘든데 왜 계속하고 싶지? 가애, 너는 이거 오래 했잖아. 왜 하는 거야? 설마 재밌어서?"

"정확한 이유를 말하라고 하면 저도 잘 모르겠어요. 그냥, 좋아요. 예전에 발레 할 때는 항상 날이 서 있었는데 요가는 평온해요. 혼탁한 물에서 앙금이 바닥에 가라앉아 점점 맑아지는 기분이에요."

창밖을 내다보며 말하는 가애의 얼굴 위로 오후의 햇살이 내려앉은 채였다. 빛이 들어찬 눈동자는 원래보다 밝은 갈색으로 변해 있었다. 휘연은 알 수 없는 흐뭇함을 느꼈다. 확실히 가애는 요가원의 다른 여자들, 노출이 심한 브라탑을 입는 이십 대 수련생에 대한 험담이나 새로 발견한 맛집에 대한 화제 따위에 열을 올리는 여타의 여자들과는 결이 달랐다.

"그런데 언니, 혹시 스승의 날에 연오 쌤께 선물 안 드릴 거예요? 정주 쌤이 얘기했을 텐데. 돈 모아서 공동으로 선물할 거라고."

"어, 그거 나는 빼달라고 했어."

"왜요? 매년 해온 건데 그냥 같이 하지."

가애의 얼굴이 휘연을 향해 있어서 눈동자는 다시 본래의 어두운 색으로 돌아와 있었다. 휘연은 갑자기 짜증이 치밀었다. 정주가 가애에게 그 얘기를 전한 게 분명했다. 톤이 높고 날카로운 정주의 목소리가 귀에 쟁쟁했다.

"권가애, 너까지 왜 그래? 스승의 날을 챙길 필요를 느끼지 못했지만, 만약 챙기고 싶어지면 나는 따로 챙길게."

휘연은 짜증을 숨긴 채 장난스럽게 미간을 찌푸리며 웃었다. 가애가 따라 웃었지만 휘연은 그 웃음이 어딘가 어색하다고 느꼈다. 그러다 이내 눈이 웃고 있지 않다는 생각이 들었다.

"가애야, 나도 연오 쌤 좋아해! 하지만 우리도 수련비를 내고 다니는 건데, 굳이 스승의 날까지 챙길 필요가 있을까 싶어서 그래."

휘연이 가볍게 어깨를 으쓱했다. 그 모습을 바라보던 가애가 눈을 가느다랗게 떴다.

"하여간, 언니 은근히 아웃사이더라니깐."

혼잣말처럼 작은 목소리였다. 휘연은 상체를 절반쯤 돌려 가애를 돌아보았다.

"뭐야, 권가애! 너 너무한 거 아냐? 아웃사이더라니!"

휘연은 아랫입술을 깨물고 가애의 팔을 살짝 툭탁거렸다.

"그렇잖아요. 수련 전 차담 시간에도 항상 빠지고, 마치고 밥 먹으러 가자 해도 매번 거절하고."

가애가 입술을 삐쭉 내밀었다. 드러내서 말한 적은 없지만 휘연은 여자들의 별 의미 없는 수다에는 끼고 싶지 않았다. 특히 정주, 요가원에 수련하러 오는 건지 수다 떨기 위해 오는 건지 모를 정주가 자신과는 맞지 않다고 느꼈다. 남들 뒷담화할 때 가장 즐거워 보이는 그 표정도, 무엇이든 과장해서 말하는 습관도, 유난히 큰 목소리도, 전부 거슬렸다. 쉬지 않고 이어지는 새된 목소리를 듣고 있다 보면 머리가 지끈거릴 정도였다. 속으로는 가애가 왜 정주 같은 여자와 가까이 지내는지 이해할 수 없다고 생각하면서도 휘연은 "그래, 나 아싸 맞나 보다."라며 적당히 웃어넘겼다.

휘연은 정말로 스승의 날을 챙겨야 할 필요성을 전혀 느끼지 못했다. 그래서 까맣게 잊고 있었는데, 휘연이 다니는 도예 공방에서 몇 달간 작업했던 기물들이 완성되어 나오는 바람에 갑자기 선물에 대한 기억이 떠올랐다. 손수 만든 도자기들 중에서 마침 색이 예쁘게 구워진 찻잔이 섞여 있었던 것이다.
찻잔을 선물 받은 연오는 기대 이상으로 기뻐했다. 모두가 함께 돈을 모아 선물한 케이크와 고급 요가 매트보다도 더 좋아했다. 푸른 기 도는 오묘한 황토색의 찻잔은 연오 전용 다구 상자의 한 편에 자리 잡았다. 가애의 시선이 차담 시간 내내 새 찻잔에서 떨어질 줄 몰랐다.
"다 같이, 에카파다 라자카포타. 왕비둘기 자세."
앉은 자세에서 뒤로 쭉 뻗은 오른 다리. 골반이 뻐근하게 당기는 느낌이 들었지만 전과 달리 왼쪽 엉덩이가 확실히 바닥에 닿아 있었다. 뒤로 뻗은 오른 다리를 천천히 구부리고 상체를 뒤로 젖혀

오른발을 양손으로 잡았다. 고개까지 뒤로 한껏 젖혀지며 휘연의 몸이 원을 그렸다.

"휘연 쌤은 후굴이 엄청나네요. 그 상태에서 발바닥을 이마에 붙일 수 있겠어요?"

바로 머리 위에서 연오의 목소리가 들려와 눈을 감은 상태에서도 움찔했다. 이것보다 더 하라고? 할 수 있을까?

"도와줄 테니, 조금만 더 해봅시다."

연오의 손이 발등과 손가락과 팔꿈치에 차례로 닿았다. 가슴이 뒤로 당겨지며 열리고 어깨에 찢어질 듯한 통증이 찾아왔다. 상체를 이루는 모든 뼈들이 평소와는 다른 방향으로 조심스럽게 움직였다. 휘연은 터질 듯한 열기가 머릿속을 채워가는 걸 느꼈다. 뼈와 관절 사이에서 삐걱삐걱 소리가 들리는 것 같았다. 한계에 다다른 순간, 열기는 우렁찬 폭포수와 같은 청명함으로 바뀌었다. 몸의 앞면이 책을 펼치듯 활짝 열리면서 가슴 안에 갇혀 있던 감정들이 밖으로 쏟아지려 했다. 휘연은 눈물이 솟구치는 걸 간신히 참아냈다.

"휘연 쌤은 전생에 요기니였나 보네요. 참으로 놀랍습니다."

연오의 목소리는 손바닥의 온기만큼이나 따뜻했다.

얼떨떨한 기운이 가시지 않은 상태로 휘연은 천천히 계단을 내려갔다. 몸이 활짝 열렸던 아까의 충격을 잊고 싶지 않았다. 다른 수련생들이 걸음이 느린 휘연을 지나쳐 갔다.

"거 참 이상도 하지."

뒤에서 정주의 목소리가 들려왔을 때 휘연은 처음엔 자신에게 한 말인지 몰랐다. 휘연이 돌아보지 않자 정주가 바짝 뒤에 따라와 붙었다.

"연오 쌤은 원래 핸즈온을 별로 해 주시지 않거든요."

바로 등 뒤에서 들려온 목소리에 휘연이 깜짝 놀라 돌아보았다. "핸즈온?" 영문 모르는 표정을 짓자 "선생님께서 몸에 손을 대서 동작을 도와주는 거요."라고 누군가 옆에서 알려줬다. 정주의 고개 가 살짝 삐딱해졌다. 시선과 입꼬리는 더 심하게 기울었다.

"그런데 휘연 쌤한테는 유독 관대하시네요. 가애 쌤도 별로 못 받 는 핸즈온을."

휘연의 걸음이 계단 중간쯤에서 우뚝 멈췄다. 정주의 말투에 삐죽 한 가시가 돋쳐 있었다. 가애가 재빨리 다가와 정주의 팔을 붙들었 다.

"정주 쌤, 왜 그래요."

가애의 창백한 얼굴이 딱딱하게 굳어 있었다. 휘연은 자신을 스치 고 지나가는 정주의 뒤통수를 빤히 쳐다보았다. 조금 전 활짝 열렸 던 몸이 순식간에 원래대로 돌아와 꽉꽉 닫혔다.

"가애는 잘하니까 그렇겠죠. 저는 한 지 얼마 안 되었고…."

"내가 얼마 안 되었을 땐 연오 쌤 안 그랬던 것 같은데. 그죠? 다른 쌤들도 마찬가지죠?"

웃음기 섞인 정주의 큰 목소리가 계단 전체에 울렸다. 연극을 하 는 것처럼 과장되어 있었다. 다른 여자들의 시선이 정주와 휘연을 번갈아 오갔다.

"그만하시라니까요."

가애가 정주를 말리는 소리가 휘연에게도 들렸다. 휘연의 눈에 조그마한 불이 켜졌다. 지금 이건 무슨 상황인가 싶었다. 설마 하는 생각과 동시에 스승의 날 선물로 연오에게 준 찻잔이 머릿속에 떠올랐다.

"언니, 잠깐만!"

빠른 걸음으로 주차장을 가로지른 휘연을 가애가 따라잡았다. 가애의 표정은 쫓기는 사람처럼 어딘가 불안해 보이는 데가 있었다. 휘연이 열었던 차 문을 쾅 소리 나게 도로 닫았다.

"가애, 너도 느꼈지? 정주 쌤이 날 공격하는 거. 왜 그러는 거야? 내가 뭘 잘못했는데?"

"공격이라뇨. 언니가 잘못 안 거예요. 정주 쌤 목소리야 원래 큰 거고…."

"권가애! 너도 내가 바보로 보여?"

휘연의 목소리가 한 톤 높아져 있었다. 너 자꾸 저 사람 옹호하려 들 거야? 봐봐! 이게 공격이 아니면 뭔데! 가애에게 따져 묻고 싶은 걸 참느라 휘연의 얼굴이 붉으락푸르락했다. 그 모습을 보자마자 가애는 입을 꾹 다물었다. 둘 사이에 쨍한 햇빛과 함께 밀도 높은 침묵이 내려앉았다.

"언니는 그렇게 자신을 잃는 게 두려워요?"

휘연의 표정이 순간 멍해졌다. 그게 무슨 말인지 이해되지 않은 데다, 무엇보다 가애의 얼굴에 드리운 냉랭한 기운이 의아했다.

"자신을 잃는 게 두렵다니? 무슨 뜻으로 한 말이야?"

"내가 언니 아웃사이더라고 그랬잖아요. 뭘 그리 지키고 싶어서 벽을 세워요?"

"그만해. 나 이런 얘기 불편해."

휘연은 당장 차 문을 열고 집으로 돌아가 쉬고 싶었다. 가애가 평소처럼 아무렇지 않게 인사하며 웃어주길 바랐다.

"그러니까 언니도 진작에 요가원 사람들이랑 어울리려고 노력했으면 이런 일도 없잖아요. 함께 차담 정도는 할 수 있는 거 아녜요?"

"내가 왜 저 사람들이랑 친하게 지내야 하는데?"

휘연의 목소리에 삐죽한 가시가 돋았다. 휘연은 사람들과 시시덕대거나 교제하기 위해 요가원에 다니는 게 아니라고 말하고 싶었다. 안정되었다고 느낄 때마다 이내 뒤따라오던 공허함, 그리고 이대로 굳어갈지도 모른다는 두려움 때문에 이곳을 찾은 거라고 가애에게 말하고 싶었다. 의미 없는 수다나 떨 시간이 있으면 차라리 숲길을 한 번 더 걷는 게 더 나았다. 휘연은 진심으로 그렇게 생각했다.

다들 그런 이유로 이곳을 찾은 것 아냐? 요가 수련을 왜 하는데? 왜 매일 아침 이 좁고 답답한 곳에 빽빽이 모여 고통을 자처하고 있는 건데? 몸이든, 마음이든, 아픈 곳이 있으니까 연오 쌤을 통해 답을 찾으러 모인 거겠지. 그걸 안다면, 그런 눈으로 서로를 바라본다면, 이런 식으로 행동해선 안 되는 것 아냐?

그런데 가애 넌, 오히려 내 탓을 한다고?

"다른 사람들은 필요 없어. 너만 진짜야. 저들 중에 가애, 너만 진짜라고."

휘연이 쏘는 듯한 눈으로 가애를 보았다. 그러니 제발 너만은 그러지 말아 달라며 그 눈이 가애에게 말하고 있었다. 그걸 본 가애의 눈동자가 미세하게 흔들리더니 찬 기운이 옅어졌다.

통증 때문에 숨을 쉬기 힘들었던 휘연은 결국 미간을 일그러뜨렸다. 어느 순간부터는 아픈 곳이 발목인지 마음인지도 헷갈렸다. 연꽃을 닮은 결가부좌, 교차하여 엮인 두 다리처럼 자신의 마음을 잘 묶어주는 자세. 휘연은 가부좌를 튼 부처의 평온한 미간을 상상하려 애썼다.

"파드마사나. 천천히 숨을 내쉬면서 지금부터는 통증에 집중해 보세요."

연오의 목소리는 나지막하면서 억양이 없었다. 감정의 바닥이라는 게 있다면 그곳에 쭉 머무는 사람처럼 늘 똑같았다. 휘연은 시간이 사람들 사이에서 흐른다는 걸 따끔하리만치 피부로 느꼈다. 오감이 바늘 끝처럼 예리해지는 반면 두터운 진흙에 덮인 듯 둔해지기도 했다. 저릿하던 발에서 감각이 완전히 사라지고 나자, 이대로 오랫동안 꼼짝하지 않으면 아래부터 석화가 진행되어 서서히 조각상으로 변해갈지도 모른다고 생각했다.

갑자기, 우리는 함께 수행하는 벗이므로 '도반'이라 말하던 가애의 말간 얼굴이 떠올랐다. 요가를 시작한 뒤로, 바라는 것과는 반대로 휘연의 안에는 들썩이던 것들이 있어 왔다. 당연히 휘연은 그게 외부로부터 온 것이라고만 여겨왔다. 가애의 말대로 내가 잘못한 걸까. 오랫동안 닫혀있던 눈꺼풀이 가늘게 떨리기 시작했다. 연오가 늘 말했듯이 여기 모인 사람 모두가 제각기 다른 모습의 부처일지도 모르는데 도반이 되길 거부했던 것은 어쩌면 자신뿐일지도 모른단 생각이 들었다. 휘연이 그동안 자기를 둘러싸고 있다고 여겨왔던 높다란 벽은 스스로 세운 걸지도 몰랐다. 결가부좌를 틀고 있는 동안 내내 들썩이던 것이 조금씩 수그러들고 있었다.

다음 날 휘연이 평소보다 일찍 요가원 문을 열고 들어서자 차담을 나누던 여자들 사이의 대화가 뚝 끊겼다. 거짓말처럼 말소리가 멈추고 흘끔대는 시선만 그곳에 남았다. 휘연은 처음으로 용기를 내어 환하게 웃었다. 아무것도 눈치채지 못한 척, 경쾌한 걸음으로 수련실을 가로질렀다. 들고 간 비닐봉지에서 부스럭거리는 소리가 났다.

"떡 좀 드세요. 오는 길에 인절미로 유명한 떡집에 들러 사와 봤어요."

혼자 부지런히 움직여 수련실 한쪽 구석에 있는 간이 싱크대에서 포크와 접시들을 꺼내왔다. 봉지에서 떡 상자를 꺼내 접시에 나눠 담았다. 맨 처음 접시를 건네받은 연오가 인절미를 입에 넣고는 먼저 일어섰다.

"전 3층 집에 금방 다녀올 테니 다들 시작 전에 한입씩들 들어요."

연오가 수련실을 나선 뒤에도 둘러앉은 여자들은 꼼짝도 하지 않았다. 휘연은 모두의 앞에 떡이 담긴 접시를 하나씩 내려놓았다.

"보이차랑 같이 먹으면 좋을 것 같아서요. 얼마 안 되지만 나눠 먹어요."

휘연은 가장 마지막으로 정주에게 떡이 올려진 접시를 내밀었다. 휘연은 정주의 눈을 바라보았지만 정주의 시선은 떡 위에 고정되어 있었다. 둘 사이에서 접시가 몇 초간 멈춰 있었다. 정주의 입매가 삐딱한 모양새로 비틀렸다.

"저는 됐어요. 뭘 먹으면 수련할 때 속이 영 불편해서."

정주는 앞에 내밀어진 접시를 외면하고 자신이 사용한 찻잔과 찻잔 받침을 정리하기 시작했다. 마치 그게 신호인 것처럼 둘러 앉아 있던 여자들이 전부 자리를 털고 일어설 준비를 했다. 유일한 예외는 가애였다. 가애는 포크를 손에 든 채 앞에 놓인 떡을 가만히 내려다보고만 있었다. 이미 자리를 잡고 앉은 정주가 저만치서 나긋한 목소리로 불렀다.

"가애 쌤, 오늘은 여기 앉아서 수련해요. 여기 좋네."

휘연의 시선이 가애에게서 떨어질 줄 몰랐다. 낭떠러지에 절반쯤 발을 걸친 사람처럼 절박한 눈빛이었다. 말이 없던 가애가 만지작거리던 포크를 달칵, 접시 위에 내려놓았다.

"재밌네."

상상조차 못한, 나지막한 혼잣말. 휘연은 가슴에 한 줄기 선득한 바람이 스치는 걸 느꼈다. 파도가 치듯 뱃속이 울렁거렸다. 머릿속에서 물음표가 폭죽처럼 터졌다. 가애가 한쪽 입꼬리를 올려 웃었다.

"그런데요, 언니가 뭔데 진짜니, 가짜니 정해줘요?"

휘연의 손에 들린 접시가 떨리기 시작했다. 입에 대지도 않은 떡이 목구멍에 걸린 듯 숨이 막혔다. 가애가 굳어있는 휘연을 보며 순수하고 선량한 어린아이처럼 웃었다.

"저만 진짜라고요? 다른 사람은 필요 없다고요? 뭐야, 언니 진짜 아무것도 모르네."

가애와 여자들이 우르르 일어서서 자리를 떠나고 보드라운 콩고물이 묻은 떡은 바닥에 덩그러니 남겨졌다. 가애가 정주의 옆으로 가 태연히 무릎 꿇고 앉았다. 휘연은 남겨진 떡들을 눈도 깜빡이지 않고 바라보았다. 호흡이 거칠어졌다. 고양이들이 다가와 접시에 코를 대고 냄새를 맡았다. 휘연이 접시 위의 떡들을 상자에 도로 담아 가장 구석진 곳에 두었다. 사용하지 않은 접시와 포크들을 치웠다. 눈을 감고 돌아앉은 열한 명의 여자들로부터 멀고 먼 곳으로 가서 떨리는 무릎을 꿇었다.

살람바 시르사아사나, 머리 서기. 바닥에 대고 있는 정수리에 피가 쏠리고 팔꿈치에서 어깨에 이르는 근육이 당겨졌다. 땅에서 발끝이 떨어지고 묵직한 두 다리가 천천히, 그러나 일정한 속도로 올라갔다. 어깨와 귀가 멀어졌다. 날개뼈가 퍼덕이며 양옆으로 벌어졌다. 생각은 둔중하지만 가슴은 점점 더 열렸다. 이러다 몸통을 감싸고 있는 흉곽이 쩍 벌어질지도 모른단 생각이 들었다. 본능적인 두려움이 손가락으로 변해 맨살을 긁었다. 그래도 멈출 수 없었다. 한참 전부터 휘연의 몸은 의지로부터 해방되어 제멋대로 움직이고 있었다. 등이 뒤로 휘어지고 허리가 꺾이고 하늘을 향해 똑바로 서 있던 두 다리가 뒤로, 뒤로 넘어갔다. 휘연의 몸은 기괴할 정도로 둥글어졌다. 브르스치카 아사나, 전갈 자세. 정수리가 땅에서 떨어졌다. 정수리에 발바닥이 닿았다. 머리카락이 발바닥을 간질였다. 수련실 전체에, 아니, 이 세계에 자기 혼자만 남은 것 같은 감각이 휘연을 사로잡고 놓아주지 않았다.

간절하게, 연오를 닮고 싶었다. 어떤 물결에도 흔들리지 않을 수 있는 부동이 절실했다. 어느 때에도 지극히 평온한 그의 안정감을 닮고 싶었다. 휘연은 눈을 질끈 감았다. 컴컴한 눈앞에 등불을 켰다. 약하디 약한 바람에도 흔들리는 조그마한 등불이 아니라 크고 강하고 대낮처럼 환하게 타오르는 등불이었다. 연오, 그는 모두에게 공평한 등불이어야 했다. 하지만 밝게 타오르던 등불은 순식간에 타버리고 재만 남았다. 눈앞은 다시 끈적한 어둠으로 들어찼다.

밤이 휘연의 정수리와 양 어깨와 텅 빈 수련실 사방에 내려앉았다. 칠흑같이 검은 하늘에 푸르스름한 달이 걸렸다. 커다란 창을 통해 서늘한 빛이 사선으로 내리꽂혔다. 색이 사라지고 시린 무채색만 남았다. 시퍼런 달이 서걱서걱 소리를 내며 어둠을 벴다. 조용히 끓어오른 요기가 목소리로 변해 휘연의 귓가에 속삭였다.

어깨를 빼야 해. 귀와 어깨가 멀어지게 팔을 앞으로 뻗어, 더, 더.

갈비뼈를 들어 올려. 흉곽 내부가 넓어질 정도로 깊이 숨을 들이쉬며 천천히 쓰으읍, 내쉬고 후우우. 또 천천히 쓰으읍, 후우우.

목을 천장으로 뽑아 올려. 목이 길어지도록. 머리통과 몸이 분리되도록.

휘연은 목소리에 거역하지 못하고 꼭두각시처럼 움직였다. 몸이 제멋대로 늘어나고 뒤틀렸다. 척추를 뽑아내고, 으드득으드득, 요추 3번을 밀어 넣고, 삐그덕삐그덕, 견갑골 사이가 좁혀지고 좁혀지다 서로 붙어버릴 만큼 갈빗대를 활짝 열어젖혔다. 외계생명체가 나오는 영화에서 보았던 것처럼 양옆으로 쫘악 벌어졌다. 척추뼈 마디마다 간격이 넓어져 채찍처럼 유연하게 늘어났다. 쇳소리가 날 것만 같은 무채색의 광경 속에 귀기가 흘렀다. 휘연의 등장은 세 마리의 고양이들조차 아연실색하게 했다. 가장 완벽한 이는 고양이들이 아니라 휘연이었다. 요기가 흘러넘치는 밤에 비로소 완성된, 요기니였다.

연오의 시선이 휘연의 뒤틀린 육체에 닿아 있었다. 그의 눈이 고양이의 눈처럼 빛이 났다.

"휘연 쌤은 타고났네요. 예전의 가애 쌤보다도 실력이 더 빨리 늘고 있어요."

연오의 미소 뒤편에서 뾰족한 시선들이 소리 없이 돋아났다.

"혼자 잘났지, 아주."

조그마한, 아주 작은 독기가 그들 사이에서 살금 고개를 내밀었다. 매일, 매일 쌓여 갔다.

"당분간 주말 수련을 대신해 줄 사람이 필요합니다."

연오는 장애인 시설 요가 봉사 프로그램 때문에 앞으로 석 달간 자신이 주말 수련을 이끌어갈 수 없다고 전했다. 이왕 그렇게 된 김에 그는 요가 지도자의 가능성을 보이는 수련생들에게 기회를 줘 보기로 했다.

"그런 거라면 가애 쌤이 하는 게 맞죠."

아주 당연하게도 정주가 가장 먼저 호들갑을 떨었다. 고개를 끄덕이는 여자들 사이에서 가애가 황급히 손을 내저었다. 연오를 보는 가애의 얼굴이 발그스레하게 익어 있었다. 아직 자격증도 따지 않은 자기는 수업을 이끌 수준이 되지 못한다고 했다. 연오의 시선이 무심히 휘연에게로 건너갔다.

"휘연 쌤이 해 봐도 괜찮을 것 같은데."

연오가 흘린 한마디가 첫 파동을 일으켰다. 먼 곳에서 시작된 수직의 파동은 고요한 침묵 속에서 에너지를 흡수해 나갔다. 하지만 고요했다. 소름이 끼칠만큼 고요했다. 휘연은 저도 모르게 파르르 몸을 떨었다.

그처럼 두려운 광경은 처음 본 것 같았다.

연오가 잠시 3층 집에 다녀오겠다며 요가원 문을 나섰다. 모두의 시선이 남자의 뒷모습에 달라붙어 있었다. 유리문이 열렸다 닫히자마자, 발소리가 계단 위쪽으로 사라지자마자 팽배하던 공기가 폭발했다.

"참나, 어디서 굴러먹다 온 돌이 박힌 돌 뺀다고. 진심으로 자기가 그 정도 급이 된다고 생각하고 있나 보네."

정주의 작달막하고 통통한 몸집은 순식간에 부풀어 커다란 해일이 되었다. 다른 여자들이 정주의 옆을 둘러싸서 그들은 기세등등하고 공격적인 하나의 덩어리가 되었다. 휘연은 휩쓸리지 않기 위해 두 발을 단단히 디뎠다.

"정주 쌤, 그게 무슨 소리예요?"

"뭐가요?"

"저 들으라고 하는 소리잖아요!"

"분위기 파악은 못 하는데, 귀는 또 밝은가 보네."

"아니, 무슨 말을 그렇게 해요?"

나 혼자 동떨어진 섬이 된 건 당신들이 그렇게 만든 것 아냐? 나를 따돌리면서 뒤에서 낄낄대던 건 당신들 아니었냐고! 휘연은 정주와 나머지들이 자신을 향해 덮쳐드는 공격들을 이해할 수 없었다. 사나운 짐승처럼 이빨을 드러내는 이유를 도무지 알 수 없었다. 정주의 입꼬리가 노골적으로 뒤틀렸다.

"왜요? 어디 내 말이 틀렸나? 혼자만 잘 보이려고 뒤에서 별짓을 다 할 때부터 알아봤지."

"별짓이라니? 대체 내가 뭘 했다고 그러는 거예요!"

"그걸 왜 나한테 물어요? 뭔 짓을 한지는 본인이 제일 잘 알 거 아녜요? 그동안 차암 바쁘셨겠어요. 이제 소원 이루셔서 좋으시겠네."

"도대체 뭔 소리들을 하는 거예요? 알아듣게 좀 말해요! 빙빙 돌리지 말고 똑바로 말하란 말이에요!"

새빨갛게 달궈진 감정의 불씨가 휘연의 입에서 터져 나왔다. 작은 불씨가 똘똘 뭉쳐있던 여자들의 악의에 옮겨붙었다. 폭발이 일어났다. 폭발의 충격파는 정주의 겉껍질을 뚫고 나와 곧장 휘연에게로 뻗쳤다.

"똑바로 말해줄까? 그래, 휘연 쌤은 요가원에 남자 꼬시러 왔어요? 연오 쌤은 사람 좀 가려서 받지. 별 게 들어와선 물 다 흐리고 있어, 정말!"

그 순간 휘연은 두꺼운 수건으로 입을 틀어막힌 것 같았다. 숨을 쉴 수가 없었다. 방금 들은 말을 하나하나 곱씹으며 자기가 제대로 들은 것이 맞나 귀를 의심했다. 저게 지금 삼사십 대 어른의 입에서 나올 만한 말이야? 그것도 요가를 수련하는, 자칭 수행자라는 사람들이? 휘연의 허망한 눈길이 가애에게로 향했다. 가애는 입술을 꾹 다물고 서서 먼 곳의 바닥만 바라보고 있었다. 눈에서 한 줄기 빛이 쏘아져 나올 것처럼 뚫어져라 한 점만 노려보고 있었다. 저러다 쓰러질지도 모른단 생각이 들 정도로 창백했다.

"가애, 너 대체 왜 그러는 거야? 날 똑바로 바라봐. 왜 자꾸 날 외면하는 건데?"

휘연이 목소리를 쥐어 짜냈다. 얼어있던 가애의 입술이 갈라지며 냉기가 쏟아져 나왔다.

"먼저 무시한 건 언니잖아요."

"내가 언제 널 무시했다는 거야?"

내가 널 얼마나 좋아했는데! 얼마나 예쁘다고 생각했는데! 휘연이 한때 너무나도 곱고 사랑스럽다고 여겼던 얼굴이 지금은 얼어 죽은 시체처럼 냉랭하기만 했다. 활짝 열렸던 휘연의 몸이 꽉꽉 닫혔다. 흉곽이 닫히고 그 위에 두꺼운 근육과 지방이 덮이고, 마지막으로 질긴 가죽이 겹겹이 쌓였다. 몸 안에서 높아져만 가던 압력을 견디다 못해 정수리가 터지며 열렸다. 눈이 밝아지더니 그제야 모든 것이 훤히 보였다. 요가원 첫날부터의 사사로운 장면 하나하나가 현미경으로 들여다보듯 선명해졌다.

"아아, 이제야 알겠다."

끝내 실소가 터져 나왔다.

"날 이렇게 만든 거 정주가 아니라 너지, 권가애?"

휘연은 덩그러니 혼자서 웃음을 터트렸다. 가애의 얼굴이 점점 더 창백해졌다. 약하디 약한 도자기 인형처럼 건드리면 쨍그랑하고 깨져버릴 것 같은 상태가 되어 갔다. 깔깔대는 웃음소리가 더, 더 높아져 갔다. 너무 격렬하게 웃어서 휘연의 눈가에 눈물이 맺혔다.

"요가 동작만 죽어라 따라 하면 뭐해? 하나같이 인간이 덜 되었는데."

그러자 휘연을 둘러싼 여자들에게서 날카롭고 새된 고성들이 연이어 터져 나왔다.

같은 건물 3층에 있는 자신의 집에 들렀다 다시 계단을 내려오던 연오는 발을 우뚝 멈췄다. 요가원 안에서 들려오는 소란을 눈치챈 것이다. 날카롭고 새된 고성들. 그는 그렇게 계단에 선 채 잠시 망설였다. 들어갈까, 말까. 연오는 조용히 몸을 돌려 고양이처럼 조심스러운 걸음으로 3층으로 돌아갔다.

집안은 퀴퀴한 냄새로 가득 차 있었다. 쓰레기통에는 햄버거 포장지가 구겨진 채로 튀어나왔고 여러 종류의 음식물이 한데 섞여 썩어가고 있었다. 고양이 털뭉치가 먼지와 함께 작은 공처럼 굴러다녔다. 하지만 연오의 표정엔 아무런 변화가 없었다. 그는 낡은 소파 위에 웅크리고 있던 순백색 고양이를 내치고 그 자리에 몸을 파묻었다. 앉는 순간 삐걱대는 소리와 함께 소파 쿠션이 푹 꺼졌다. 곧게 세워져 있던 연오의 등이 허물어지며 푹 꺼진 소파에 늘어졌다.

뜨거운 물을 부어 찻주전자를 데우거나, 빈 수구에 우려낸 차를 옮겨 담는 단순한 행동들은 연오가 좋아하는 일이었다. 맨발로 숲을 걷거나 명상을 하는 것보다도 더 쉽고 간단히 생각을 비우는 그만의 방법이었다. 하지만 최근의 차담 시간은 그런 평온과는 거리가 멀었다. 드센 기의 충돌과 뒤엉킴은 진즉 느끼고 있었다. 심한 날은 숫제 멀미를 일으킬 지경이었다.

"뭐 아무려면 어때."

연오는 어깨를 으쓱했다.

그는 요가 수행자가 된 후로 12년 남짓한 시간 동안 요동치면서 멈춰 있는 척하는 이들과, 감추려 애쓰던 욕심이 끝내 밖으로 쏟아지던 장면과, 수많은 이들의 밑바닥들을 보았다. 이것 역시 그런 흔한 일들 중의 하나일 뿐이었다. 발밑에 다가와 머리를 비비는 고양이를 안아 올리던 그는 별안간 허기를 느꼈다. 라면이 먹고 싶어졌다. 지금 아래층에서 벌어지고 있는 일을 생각하면 너무도 뜬금없지만 갑자기 일어난 충동을 도저히 참을 수가 없었다.

품에 안겨있던 고양이가 가릉가릉거리다 어깨 위로 올라갔다. 연오는 주방으로 가서 싱크대 찬장을 열었다. 그 안에 가득 차 있는 여러 종류의 라면 중에서 어떤 걸 먹을지 신중하게 고심했다. 일주일 만에 먹는 라면으로 무엇을 고를 것인지는 지금 그에게 너무나 중요한 문제였다.

"나는 요기요, 그러므로 세속의 일에는 관여하지 않으렵니다."

연오는 예의 나지막한 목소리로 혼잣말을 중얼거렸다.

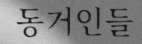

동거인들

네 가치를 증명하지 못한다면
네가 우리들과 다를 게 뭐야?

시작은 소리였다. 옆방 문을 열자마자 칠흑 같은 어둠 속을 굴러다니던 소리들. 반짝하고 귀가 예민하게 열렸다. 작고 단단한 콩한 줌이 종이 상자 속에서 요동치는 것 같기도 하고, 손톱으로 책상을 빠르게 두들기는 소리와도 비슷했다. 이상한 건 그게 무슨 소리인지 알지도 못하면서 본능적으로 경계 신호가 울려댔다는 점이다. 차가운 손길이 배를 쓰다듬듯 오싹했다. 전등 스위치를 켜길 망설인 건 그 때문이었다. 소리가 잦아들기를 기다렸다가 달칵, 불을 켰다.

나는 그만 얼음처럼 굳어 버렸다. 창백한 불빛 아래에서 대면한 풍경은 무심히 툭툭 찍어놓은 붓 자국 같은 수십 개의 얼룩들이었다. 벽, 천장, 바닥, 형광등, 옷장, 구식 전화기, 플라스틱 서랍장, 벽 거울, 사방에 흩뿌려진 길고 거무튀튀한 얼룩, 얼룩, 얼룩들. 살아있는 얼룩들은 꼼짝 않고 숨죽인 채 야밤의 낯선 침입자를 관찰하고 있었다.

수십 개의 번들거리는 시선들. 나도 당황했지만 저들 또한 당황했다는 게 느껴졌다. 그들 역시 누런 벽지 위에 눌어붙어 미동조차 못 했으니까. 소리가 사라져 성글어진 공간을 흰 형광등 불빛이 빈틈없이 메웠다. 몇 초의 시간 만에 낡고 허름한 이곳의 주인은 사람이 아니고 그들이라는 걸 깨달았다. 불행히도, 내 쪽이 불청객이었다. 주인들은 빤히 쳐다볼 뿐 꼼짝하지 않았다.

첫날 눈싸움의 패배자는 나였다. 베이스캠프로 후퇴. 1패.

"지금 내 말 듣고 있는 거지?"

국어 선생님의 목소리에 날이 선 것을 깨닫고 흠칫했다. 몸을 움찔할 만큼은 아니고, 다른 곳에 있던 정신만 퍼뜩 제자리로 돌아왔다.

"연수야, 너 초반엔 잘 따라왔잖아. 그대로만 계속하면 되는데 왜 이럴까? 너 같은 경우는 말이야. 성적이 그대로라는 거는 떨어진 거나 마찬가지야. 원하는 데 못 간다고, 알아?"

좀 전의 날카로움이 빠지고 애원하는 조로 바뀌었다. 나는 시선을 내리깐 채 슬리퍼 바깥으로 삐쭉 튀어나온 국어 선생님의 발가락 양말만 쳐다보고 있었다. 선생님이 크게 한숨을 내쉬더니 흰머리가 절반쯤 섞여 있는 앞머리를 오른손으로 쓸어 넘겼다.

"좀만 더 땡겨 보자, 엉? 김연수, 너 서울대 안 갈 거야?"

그가 두툼한 손바닥으로 내 어깨를 두드린 뒤 이제 그만 가라는 뜻으로 손을 획획 내저었다. 슬쩍 곁눈질하니 벌써 내게 흥미를 잃은 표정이다. 교무실 벽에 걸린 시계를 재빨리 눈으로 훑었다. 서

두르면 도시락 먹을 시간이 남으려나.

"저, 선생님. 약국 다녀와야 하는데, 외출증 좀···."

돌아앉으려던 국어 선생님이 다시 내 쪽으로 몸을 획 틀었다. 그가 눈을 치뜨자 평소 눈꺼풀로 덮여있던 흰자위가 훤히 드러났다.

텅 비어있던 어두운 골목길이 비닐봉지가 부스럭거리는 소리로 조금씩 채워졌다. 길 위에 노란빛과 검은 밤이 번갈아 드러누워 있었다. 드문드문 선 가로등 아래의 노란색이 가장 둥글고 진했다. 굳게 닫힌 교문 너머 초등학교는 검은색 윤곽만 어렴풋이 보였다. 문구점과 미용실 사이에 난 자그마한 철문 앞에 서서 주머니를 뒤져 열쇠를 찾았다. 비닐봉지 소리가 멈추면서 다시 휑해진 골목길에 녹슨 철문 여는 소리가 크게 울렸다. 좁은 통로를 지나 자취방 문 앞에 섰다. 낡아서 칠이 벗겨진 문에 새 경첩과 새 자물쇠가 달려 있었다.

방문을 여니 한 평 남짓한 방안에 어스름한 달빛이 비쳐 들었다. 하지만 창문 없는 자취방은 문을 닫자마자 다시 짙은 농도로 어둑해졌다. 가구 하나 없는 텅 빈 방 가운데 꼼짝 않고 서서 귀를 기울였다. 늘 당연하다고만 생각했던 적막이 이토록 간절해질 줄이야. 혼자라는 확신이 선 후에야 안도감에 가슴을 아래로 쓸어내렸다. 가방을 내려놓고 비닐봉지에서 아까 사 온 물건을 꺼냈다. 마개를 제거하고 긴 주둥이를 펼친 뒤 옆방 문에 다가섰다. 문손잡이를 쥔 손바닥에서 차가운 땀이 배어났다. 방문이 삐걱거리는 소리를 내며 열렸다.

자각자각자각자각.

컴컴한 방 안은, 5초 정도, 은근하고 분주한 소리로 가득 찼다.
구석구석, 빽빽했다.

나는 어제 오전까지만 해도 바퀴벌레를 실제로 본 적이 한 번도
없었다.

"방이 좁기는 하지만 학생이 쓰기엔 딱 좋을 거야. 원래 창고로
쓰던 방이라 아무것도 없지만 깨끗이 치워뒀어요."

미용실 원장은 곁눈질로 머리부터 발끝까지 날 훑어보았다. 작은
키를 의식하고 괜히 머쓱해졌지만 모른 척 방을 둘러보았다. 직각
삼각형 모양의 방은 아주 작았지만 가장 긴 변에 해당하는 벽에
평행하게 누우면 그럭저럭 지낼 만할 것 같았다. 원장이 옆방으로
통하는 문을 열고 따라오란 신호를 보냈다. 옆방은 반듯한 직사각
형 모양으로 코딱지만 한 내 방보다 서너 배는 더 넓었고, 미용실
과 다용도실로 연결되었다. 다용도실에는 머리를 감겨주는 용도의
의자와 작은 냉장고, 단칸짜리 스테인리스 싱크대가 있었다.

"수도꼭지에 호스가 달려 있으니 여기서 간단히 샤워도 돼요. 온
수도 나와. 냄비랑 그릇 다 있으니까 밤에 출출하면 라면이라도 끓
여 먹고. 먹은 다음 설거지만 잘해 놔요, 알았지?"

다용도실 벽은 타일 대신 타일 문양이 그려진 시트지가 붙어있고
바닥은 그마저도 없이 녹회색 시멘트 바닥이었다. 여기에서 샤워라
도 하려면 바닥에 쪼그리고 앉아야만 가능하겠단 생각을 했다. 그
래도 낡은 외관에 비해선 제법 깨끗하게 관리되는 것 같았다. 나는

천천히 고개를 끄덕였다. 사실 재수학원 근처에서 자취를 할 수 있게 된 것만으로도 감지덕지했다. 적어도 주중에는 엄마의 실망 아래에 눌려있지 않아도 되니까.

경주에서 울산까지 시외버스로 통학하던 내가 공부할 시간이 부족하단 이유로 자취 얘기를 꺼냈을 때, 아빠는 "그래, 그럼 방을 구해보자."며 고개를 끄덕였고 엄마는 사납게 눈을 치떴다. 재수학원 월 수업료가 팔십만 원이나 하는 걸 알았을 때도 똑같은 눈빛이었다.

"유난 떠는 방법도 참 가지가지네."

지나치듯 한 말이었지만 가시가 돋쳐있단 걸 알아채지 못할 정도는 아니었다. 그날은 되도록 엄마의 눈에 거슬리지 않도록 어깨를 움츠리고 다녔다. 저녁 식사 때도 그릇 부딪히는 소리가 나지 않게 조심하면서 바로 앞에 놓인 반찬 한 가지로만 밥을 먹었다. 그러니 아빠가 지인을 통해 구해 준 십만 원짜리 허름한 월세방이라도 내겐 해방구였다. 첫날 밤, 혼자서 맞닥뜨린 칠흑의 세상이 나만 독점하는 공간이 아니라는 사실을 깨달을 때까지는 그랬다.

어둠 속에서 자각자각 소리를 참고 있으려니 귀밑 턱에 소름이 돋았다. 분주함이 끝난 후에도 3초 정도 더 기다렸다가 전등불을 켰다. 위치는 약간씩 바뀌었지만 지난밤과 비슷한 풍경이 나를 맞이했다. 어제의 승리로 자신만만해진 녀석들은 당황한 기색 없이 태연했다. 킬라의 긴 주둥이를 가장 가까운 벽에 붙어있는 녀석에게 갖다댔다.

취이익-!

중지만 한 길이의 녀석이 툭 떨어지며 몸이 뒤집혔다. 이어 미친 듯이 발버둥 치기 시작하자 긴 뒷다리가 바닥을 긁어대며 가각가 각 소리가 났다. 취익, 취이익, 연이은 살충제 세례에 당한 놈들이 마른 장판 위로 영근 도토리처럼 뚝뚝 떨어졌다. 누런 방바닥은 다 리를 위로 쳐들고 빙빙 도는 놈들로 소란해졌다.

벽에 등을 기대고 앉아 녀석들의 춤사위가 끝나길 기다렸다. 메케 한 냄새가 코를 찔렀지만 창문이 없는 탓에 참는 수밖에 없었다. 딱딱한 등딱지를 바닥에 붙이고 놈들이 회전할 때마다 위이잉 위 이잉 소리가 났다. 갑자기 피식, 실없는 웃음이 새어 나왔다. 브레 이크댄스 동작 중에도 저것과 비슷한 종류가 있지 않나? 순식간에 노란 장판은 댄스 경연 대회 스테이지가 되고, 천장에선 요란스럽 게 사이키 조명이 돌아갔다. '다시 몸을 일으키는 놈은 탈락, 벌칙 은 5초간 흠뻑 킬라 샤워입니다.' 나는 냉정한 눈으로 지켜보다가 제일 빠르게 도는 놈에게 가장 높은 점수를 매겼다.

방안에 고요함이 내려앉은 건 막 새벽 1시가 지났을 때였다. 끔 뻑대는 눈을 비비며 방구석에서 날짜 지난 신문지를 찾아냈다. 배 를 뒤집고 딱딱하게 굳어 버린 녀석들을 빗자루로 쓸어 신문지 위 에 모았다. 바퀴벌레 사체가 뭉개지지 않게 신문지를 엉성하게 뭉 쳐 쓰레기통 속에 넣으려다 멈칫했다. 바퀴벌레는 죽어서도 뱃속에 있던 알이 부화되어 새끼가 나온다는 말이 기억났기 때문이다. 고 민하다 슬리퍼를 꿰어 신고 밖으로 나가 하수구 구멍 틈새에 끼워 놓았다.

얼룩이 사라지고 말끔해진 방에 서서 잠시 개운함을 누렸다. 좁디 좁은 내 방으로 돌아와 틈 없이 문을 꽉 당겨 닫았다. 뒤척일 때 나는 이불의 서걱거림이 지난밤과는 달리 더 이상 섬찟하게 느껴지지 않았다. 작은 승리에 대한 보상은 숙면이었다. 1승.

자각자각자각자각자각자각….

귀를 의심했다. 사방에서 분주하게 구르는 소리가 어제보다 더 커졌다. 느슨하게 풀어뒀던 긴장이 다시 귓바퀴에 모였다. 밝은 빛 아래에서 서늘하게 쳐다보는 시선들, 얼룩은 지난밤보다 오히려 수가 늘어났다.

얼굴 근육이 딱딱하게 굳었다. 눈썹을 찌푸리지도, 입꼬리를 무너뜨리지도 않은 채 마스크를 썼다. 지난밤 간과한 사실은 놈들은 눈에 보이는 것보다 보이지 않는 쪽이 훨씬 많다는 거였다. 시선이 닿지 않는 방의 이면 세계. 내가 모르는 양지의 반대편. 킬라의 긴 주둥이는 어둑한 구석을 찾아 옷장 뒤편, 서랍장 아래, 장판 틈새, 어디든 비집고 들어갔다.

광란이 시작되었다. 여기저기서 녀석들이 뚝, 뚝, 떨어졌다. 처음 겪는 충격에 놈들은 안전하다 여겼던 곳에서 기어 나왔고, 정신을 못 차리고 나뒹굴었고, 더듬이를 좌우로 흔들었고, 우왕좌왕했고, 뒤집어진 채 다리를 떨었다. 점점 눈이 맵고 따가워졌다. 방 안을 채운 형광등 불빛이 뿌옇게 보였다. 도저히 견딜 수 없어 밖으로 뛰쳐나오자마자 탁한 기침이 서너 차례 쏟아졌다. 서늘한 공기가 유독한 날숨을 재빨리 희석했다. 조금씩 호흡이 느려졌다.

초여름이지만 서늘한 밤공기에 어깨가 떨렸다. 사위는 조용하고, 이따금 개 짖는 소리가 멀리서 들렸다. 낮은 담벼락 위로 지붕의 검은 윤곽선이 이어져 있었다. 유달리 반짝이는 흰 별 하나가 아슬아슬하게 유지되던 밤하늘의 고요를 깨트렸다. 팔을 양손으로 감싸 문질렀다. 삐쭉 튀어나온 소름을 손바닥의 온기로 달랬다. 지루함을 견디며 화생방 가스실 안에서 놈들이 픽픽 쓰러지는 모습을 상상했다. 몇 마리나 되려나. 더 이상 그 얼룩들을 보지 않아도 된다는 후련함. 비죽이 웃음이 새어 나왔다. 죽어라, 최대한 많이 죽어 버려라.

 그러다 문득 입가에 고인 게 기대감이란 걸 알아차리고 흠칫 놀랐다. 언제부터 아무렇지 않았던 걸까. 길을 잃고 들어온 딱정벌레나 방구석에 집까지 지은 거미는 죽이지 않도록 조심하면서 원래 있던 곳으로 돌려보내는 나였다. 왜 그들은 다른 거지? 어깨를 으쓱했다. 죄책감이 들어야 하는 건가? 혀 아래에 쓰고 미끈거리는 침이 고였다. 아니, 아니다. 죄책감이라니, 말도 안 된다. 바퀴벌레가 멸종하면 지구 생태계가 흔들린다고 하지만, 내가 지내는 곳에는 없어야 한다. 그것들이 벽 하나를 사이에 두고 옆방에 살고 있다는 사실 자체가 소스라치게 싫다. 언제부터 그랬냐고? 당연히 처음 마주친 순간부터였다. 어떤 것이 싫은 데에 굳이 이유가 있어야 하나? 나는 그저 컴컴한 방안에 서서 자각자각 소리를 들을 때마다 그곳에 숨어 살고 있을 존재에 대해 상상하고 싶지 않을 뿐이다. 목에 걸린 불쾌한 느낌은 헛기침으로 털어냈다.

 정적을 방해하던 흰 별빛이 눈에 띄게 희미해졌다. 꽤 오래 쪼그리고 앉아있었던 터라 몸을 일으키자마자 종아리에 찌릿한 감각이 흘렀다. 슬리퍼 끄는 소리가 종이처럼 얇은 밤공기를 지익 찢었다.

기대에 부풀어 문을 여니 광란이 손을 넣어 휘저어 놓은 공간은 희멀건 적막에 잠겨 있었다. 하지만 정작 예상했던 광경은 그곳에 없었다. 바닥에 널브려져 사망 선고를 내릴만한 녀석은 고작 여남은 마리나 되려나? 입술 틈새에 짜증 섞인 패배감이 한 줌 걸렸다. 어쩌면 이 조그마한 방의 이면 세계는 내가 상상한 것보다 넓고 안전한 장소일지도 몰랐다. 형광등 불빛은 여전히 뿌옜고 눈이 다시 맵싸해지기 시작했다.

문제는 시간이 흐를수록 놈들이 날 놀래기 위해 호시탐탐 기회를 엿보고 있단 생각이 들기 시작했다는 점이다. 그런 의심이 든 건 녀석들이 날 소스라치게 만드는 방식이 점점 더 은밀하고 교묘해졌기 때문이다. 하루는 비좁은 다용도실 바닥에 발가벗고 쭈그려 앉아 머리를 감고 있을 때였다. 젖은 머리카락에서 흐른 물기에 눈을 끔뻑거리며 비누를 집어 들었는데, 비누 뒷면에 거의 비누 크기만 한 바퀴벌레가 붙어있었다. 나는 비누를 허공에 내던지며 '악, 악.' 고함을 질렀고, 벌거벗은 채 팔다리를 허우적거렸다. 비누와 바퀴벌레와 휘두른 머리채에서 튄 물방울이 사방으로 흩어졌다.

또 어느 날은 운동화 속에 무심코 발을 집어넣었다가 바삭! 과자 부서지는 작은 소리를 들은 적도 있었다. 발바닥 중앙 오목한 부분과 매끈한 등딱지가 미끄러지는 감촉에 온몸의 털이 곤두섰다. 신발 안엔 엄지만 한 굵기의 납작해진 바퀴벌레가 숨죽이고 있었다. 빤히 올려다보는 새까만 눈동자에 그만 아득해졌다. 대담한 시선

속에 담긴 어떤 의지 같은 걸 본 후에야 이게 쉽사리 끝날 싸움이 아님을 깨달았다.

놈들은 이곳의 주인이 바뀌었음을 좀처럼 인정하려 들지 않았다. 그들은 그 어떤 장소라도, 그러니까 상상조차 하지 못한 곳에까지 자그마한 머리를 들이밀고 납작한 엉덩이를 붙였다. 불을 켜려고 벽을 더듬으면 스위치에도 붙어 있고, 머리를 감으려고 물을 틀라치면 수도꼭지에도 붙어 있고, 라면을 끓이려 냄비를 꺼내면 냄비 바닥에도 붙어 있었다. 호러 영화에서 한껏 긴장하던 배우가 숨을 턱 놓고 안심하는 순간 사각지대에서 나타나는 킬러들처럼 놈들은 불시에 모습을 드러냈다. 그럴 때마다 나는 희생양다운 비명을 내질렀다. 싱크대, 수챗구멍, 컵과 그릇들, 냉장고 손잡이, 고무호스, 슬리퍼 구멍 속…. 그것들은 온 사방에 있었다. 없는 곳이 없었다.

그들이 점거 중인 밤의 미용실에서 유일한 안전지대는 한 평 남짓한 직각삼각형, 세간이라 해봐야 고작 이불 한 채와 접이식 좌탁 하나뿐인 내 방이다. 하지만 생활을 하려면 안전지대에서 기어 나와 저들의 소굴에 들락거려야만 했다. 옆방 문손잡이를 잡을 때면 쿵쾅대는 심장 소리를 귀를 통해 들었다. 방문 바로 위쪽에 붙어있던 재수 없는 녀석 하나가 정수리에 툭 떨어지는 상상을 문을 열 때마다 했다.

그놈들이 불쑥 머리를 내밀 때마다 심장이 덜컹하긴 했지만 그렇다 해도 한낱 벌레일 뿐이었다. 매일 밤 이런 식으로 죽어 나간다면 언젠간 얼룩이 없는 빈 벽을 볼 수 있을 터였다. 그렇게 확신하면서도 갈수록 악에 받쳐만 갔던 건 주말마다 마주해야 하는 엄마의 어디 한번 두고 보자며 벼르고 있는 표정 때문이었다. 문제는 놈들이 아냐. 가장 무서운 건 엄마의 눈초리지.

원하던 대학에 떨어지고 재수가 결정되었을 때부터 시퍼렇게 날이 서 있던 그 눈. 거기에는 언제나 묵직함이 실려 있었다. 무게를 느낀 것은 한참 됐지만 숨이 막히기 시작한 건 얼마 전부터였다. 그러니까 이러고 있을 시간이 없어. 제발 좀 사라지라고! 하지만 그놈들은 여전히 비슷한 머릿수로 나를 맞이했고 똑같은 밤은 이어졌다. 형광등 불빛의 희뿌연 색이 지독한 안개처럼 매일 더 짙어져 갔다. 수면 부족 때문에 수업에 집중하지 못하는 날이 많아졌다.

"비싼 학원비 내고 여기 놀러 왔어?"

떠들썩하던 교실 안이 순식간에 조용해졌다. 오후 자습 감독인 영어 선생님의 언성은 평소보다 더 날카로웠다. 쉬는 시간인데 너무하단 생각이 들었지만 잘못을 인정하는 것처럼 고개를 푹 숙였다. 천장 조명의 흰빛이 정수리를 묵직하게 짓눌렀다.

"옆 사람 붙을 때 혼자만 또 떨어질래? 모의고사 얼마 안 남았다. 내년에 내 얼굴 또 보고 싶지 않으면 정신 차리고 알아서 잘들 하자, 엉?"

선생님은 검지로 허공을 쿡쿡 찌르며 몇몇 학생을 가리켰다. 진학률이 곧 실적인 선생님들은 학원생들 간의 경쟁을 대놓고 부추겼다. 사실 그런 방식은 효과가 좋았다. 성적 상위권 학생들을 모아 놓은 우리 반은 다른 반들보다 빠르게 잡담 소리가 줄었다.

가방에서 과자 봉지를 꺼내려는 순간 건너편의 지희와 눈이 마주쳤다.

"아휴, 숨 막혀. 재수생은 쉬는 것도 눈치봐야 한다니깐."

지희가 의자를 끌어 책상 옆으로 슬쩍 다가오며 투덜댔다. 나는 그런 지희를 힐끔 곁눈질한 뒤에 "그걸 이제야 알았어?"라고 중얼거리며 최대한 소리 나지 않게 봉지를 뜯었다. 근처에서 자습 중인 이들의 눈치를 살피는 새에 지희가 얼른 과자를 집어 입속에 날름 넣었다.

"근데 연수 너, 요즘 자꾸 졸더라? 밤에 몰래 혼자 공부해?"

입을 우물거리면서 지희는 곁눈으로 나를 흘깃했다. 멈칫, 집어 올리던 과자 두 개 중 하나가 툭 떨어졌다. 3교시 영어 때 깜빡 졸다가 지적받은 얘길 하는 게 분명했다. 지희는 내 성적이 두 달째 제자리걸음인 걸 알고 있었다. 그 바람에 지희보다 약간 위였던 내 성적은 지난번 모의고사 때 추월당했다.

"몰래 공부는 무슨, 집에 가면 거의 열두 신데. 요새 좀 늦게 자서 그래."

"왜 늦게 자는데?"

이유를 말해야 하나. 하필 초콜릿이 겉에 입혀진 바삭바삭한 종류의 과자를 먹는 중이기도 하고, 내 고민을 지희가 어떻게 받아들일지 알고 싶지도 않았다. 동정을 받는 것도 싫지만 만약 기뻐하는 기색이라도 보게 되면 그땐 어떤 표정을 지어야 할까. 하지만 꼭 답을 듣겠다고 작정한 듯 지희는 나를 빤히 쳐다보았다. 손에 들고 있던 과자를 잠시 바라보다 입속에 던져 넣었다.

"사실, 바 선생 때문에."

"바 선생?"

"왜, 저번에 얘기한 적 있잖아. 바퀴벌레 말이야."

지희가 손으로 입을 반쯤 가리고 웃음을 터트렸다. 그 모습을 곁눈으로 힐끗했다. 저 웃음의 의미는, 생각지도 못한 답변 때문일 거야. 내가 혼자 몰래 공부한 게 아니란 데 안심했기 때문이 아니라.

"하긴, 그 동네가 좀 오래되긴 했지. 근데 우웩이긴 하다, 야."

"말도 마. 엄청 많아. 밤마다 약 뿌리고 치우느라고 맨날 새벽 2시 넘어서 자."

"왜 신경 써? 그냥 무시하면 되지. 바퀴벌레가 있든 말든, 그게 무슨 상관?"

지희가 깔깔 웃더니 둥글고 납작한 과자 하나를 입속에 넣었다. 과자가 바삭! 하고 부서지더니 와작와작, 와그작와그작하며 사정없이 짓이겨졌다. 입속에서 곤죽 상태가 되어가는 과자 찌꺼기가 언뜻 보였다. 갑자기 역한 맛이 올라왔다. 언젠가 발바닥 아래에서 비슷한 소리를 내며 납작해졌던 바 선생의 미끈한 촉감이 되살아났다.

"난 그만 먹을래."

과자 봉지를 지희 쪽으로 살짝 민 다음 손에 묻은 부스러기를 교실 바닥에 털었다. 대수롭지 않은 일인 듯 웃어넘기는 지희의 반응은 무심한 성격 때문일 거다. 하지만 내 눈에는 왜 기쁨을 숨기지 못한 걸로 보이는 걸까. '옆 사람 붙을 때 혼자만 또 떨어질래?'

아까 영어 선생님이 했던 말이 귓가에 맴돌았다. 공부에 집중하지 못하는 건 세상에 나뿐인 것만 같았다.

지희가 눈치채지 못하게 그녀의 입을 잠시 노려보다 내가 쓰던 종이컵으로 시선을 돌렸다. 남은 자습 시간 동안 절대 졸지 말아야지. 반쯤 남은 식은 커피를 단숨에 들이키고 가방에서 믹스커피 봉지 하나를 새로 꺼냈다. 그걸 보자마자 지희가 잽싸게 손을 내밀었다.

"나도 하나만!"

손가락 끝에 녹은 초콜릿과 과자 부스러기가 지저분하게 묻은 채였다.

방문이 열렸다. 반쯤 감긴 퀭한 눈으로 습관처럼 문턱을 넘었다. 빨리 처리하고, 씻고, 자야겠다는 생각만 머릿속에 가득했다. 비어 있는 손으로 벽을 더듬어 전등 스위치를 켰다. 성글고 새카만 공기가 밀도 높은 흰색으로 꽉꽉 채워졌다.

날갯짓 소리가 들렸다. 눈이 번쩍 떠졌다. 흰 공간을 비집고 끼어드는 검붉은 게 있었다. 눈앞으로 곧장 무언가가 날아오는데, 장면의 비현실성 때문인지 슬로모션처럼 느껴졌다. 내 악랄한 만행에 불만을 품은 놈이 있었던 걸까? 성인 남성의 중지는 거뜬히 넘을 만한 커다란 바퀴벌레 한 마리가 나를 향해 정면에서 날아왔다.

눈이 마주친 듯 착각이 들었다. 그 정도로 굉장한 놈이었다. 놈은 놀라운 비행 실력을 보여주더니 일말의 망설임도 없이 정확히 내 목덜미에 안착했다. 툭, 하고 맨살에 까끌한 것이 떨어지는 느낌이 났다.

"끼야아악!"

정통으로 날아온 카운터펀치! 내가 그처럼 새된 비명을 지를 수 있다는 걸 처음 알았다. 비명을 꺄악꺄악 내지르며 제자리에서 방방 뛰었다. 바퀴벌레의 당돌한 가미카제 공격은 유효타를 먹였고, 날 혼비백산하게 만드는데 성공했다. 나의 완벽한 K.O.패였다!

손바닥으로 목덜미를 털어내니 시커멓고 불그스레한 무언가가 바닥에 툭 떨어졌다. 꼼짝 않고 엎드린 놈의 반들반들한 등딱지 위에 서늘함이 지나갔다. 놈의 악의가 선명하게 전해졌다. 쭈뼛한 소름이 가라앉지 않았다. 그러다 갑자기 놈이 내게 저지른 짓을 상기하고 머리끝까지 새빨간 열기가 치솟았다. 바닥에 납작 달라붙어 눈을 도사린 그놈! 바퀴벌레치곤 크다지만 그래봤자 고작 내 가운뎃손가락보다 약간 더 클 뿐이다. 그런 놈이, 감히 내게?

"이놈 새끼, 어디 한번 죽어봐라!"

육성으로 저주의 말이 튀어나왔다. 신문지 한 장을 부욱 찢어 마지막 남은 이성과 함께 구겼다. 내리꽂히는 신문지 뭉치의 과감한 첫 일격을 녀석이 번개같이 피했다.

놈은 불규칙한 지그재그를 그리며 용케 연이은 공격을 피했다. 신문지 뭉치를 든 손이 빠르게 바닥을 내리쳤지만 놈의 뒤꽁무니를 쫓는 데 급급할 뿐이었다. 이, 이걸 피한다고? 마치 핀볼 게임 속의 작은 은빛 공을 보는 것 같았다. 녀석이 침착한 만큼 공격은 점점 히스테릭한 모양새를 띠어갔다. 이러다 정말 못 잡을지도 모르겠단 생각이 들 때쯤이었다.

타악! 소리와 함께 신문지 뭉치 아래에서 바퀴벌레가 으스러졌고, 그와 동시에 푸왁! 하는 느낌으로 무언가가 터져 나왔다.

손이 우뚝 멈췄다. 얼굴의 세세한 근육들이 비틀릴 수 있는 최대한의 방향으로 비틀렸다. 천천히 손을 들어 올렸다. 형용할 수 없는 고약한 냄새를 풍기는 회색빛 삼출물이 녀석으로부터 긴 궤적을 그리며 뿜어져 나온 상태였다. 흐와악! 하는 소리가 구토와 비슷한 느낌으로 목구멍에서 쏟아졌다. 목덜미에 서슴없이 착륙하고 0.1초 만에 방향을 바꾸던 놀라운 놈은 짓이겨진 사체가 되어서도 여전히 서늘한 표정이었다. 허공에 손을 든 채로 몇 초간 몸과 머리가 동시에 굳었다. 사체를 그곳에 남겨두고 집 밖으로 도망치고 싶었다. 찐득하게 남은 삼출물이 그런 내 모습을 보고 비웃는 것만 같았다.

그 사건이 있고 난 후부터는 놈들을 보는 시선에 어스름한 두려움이 깃들었다. 놈들에 대항하는 내 선택지가 줄어들고 있었다. 바닥이 미끈거릴 정도로 킬라를 퍼부어대도 살아서 도망치는 녀석이 대부분이었지만 물리적으로 때려잡는다는 건 엄두조차 나지 않았다. 나는 놈들을 '터트리지' 않기 위해 점점 더 조심하게 되었다. 하지만 그들은 달랐다. 꼼짝 않고 쳐다보는 것밖에 못 한다고 여겼던 놈들에겐 사실 날 공격할 능력도 의지도 있었다. 녀석들이 마음만 먹는다면 어느 때라도 정면에서 날아와 목덜미에 착륙할지도 모른다.

입이 바짝바짝 말랐다. 놈들을 통제할 수 있다고 여겼던 건 오만이었다. 그놈들은 날 수 있고, 경이로울 만큼 빠르고, 어지간해선 킬라에도 죽지 않고, 불쾌한 회색 분출물을 뿜을 수도 있다. 이런 이유 때문에 망설이다 놓친 한 마리가 우연히 내 방에까지 기어들어 오는 장면을 상상하며 소스라쳤다. 무너지는 마지막 경계선. 나는 단 하나뿐인 안전지대마저 잃을 거란 예감에 등골이 서늘해졌다. 침입자 한 마리가 몰고 올 최대치의 재앙을 그리면서!

검붉은 얼룩 정도로 치부했던 녀석들의 존재감이 끈적한 타르처럼 변해 내려앉기 시작했다. 차라리 꼭꼭 숨어있어 주길 바랐다. 내 눈에만 보이지 않으면 모른 척 지낼 수도 있을 것 같았다. 그런데 왜 도망가지 않는 걸까. 목숨이 위태로울 걸 알면서도 묵묵히 버티는 이유는 뭘까. 나는 지쳐갔지만 패배를 인정하고 싶진 않았다. 악랄해져만 가는 건 대체 누구일까. 지독하게 버티는 녀석들일까, 녀석들을 무시하지 못하는 나일까.

살충제를 든 손을 아래로 늘어뜨렸다. 사방에서 죄어오는 압력이 점점 더 강해져서 온몸이 쪼그라들 것만 같았다. 결국 어떤 방식으로든 완벽하게 통제력을 잃어버릴 게 뻔했다. 녀석들은 약하디 약하면서도 나를 전혀 두려워하지 않는다. 태연한 얼굴로 내 영역을 침범하고, 뼛속까지 잠식하고, 끝내 우리 사이의 얄팍한 경계마저 무너트리게 될 거였다. 최악의 상상이 나를 겹겹이 에워쌌다.

엄마의 손은 아까부터 미동도 없었지만 손에 들린 모의고사 성적표는 미세하게 떨렸다. 종이 위에 지난번보다 떨어진 표준점수가 선명하게 찍혀 있었다. 나는 엄마의 쏘는 듯한 시선에 갇힌 채로 몇십 분째 꼼짝하지 않고 서 있어야 했다. 고개를 아래로 떨구고 숨조차 얕게 쉬었다. 내리깐 시선의 끝에 엄마의 맨발이 걸려 있었다. 엄마의 발을 오래도록 쳐다보고 있으니 느린 속도로 온몸이 굳어갔다. 석고를 덕지덕지 바르고 마르길 기다리는 기분이었다.

"내 이럴 줄 알았지."

갑자기 들려온 엄마의 목소리에 어깨를 움찔했다. 목소리에 서려 있는 기운은 냉랭하면서도 뜨거웠다.

"공부할 시간 부족하다고 자취하겠다더니 밤새 처놀았나 보네? 성적이 이따윈 걸 보니!"

정수리 위로 송곳 같은 비난이 쏟아졌다. 방광이 찌릿찌릿하며 소변이 나올 것 같았다. 머리 가죽이 쪼그라들어 얼굴이 위로 당기는 것 같았다.

"지금 네 앞으로 들어가는 돈이 얼만 줄 알아? 네가 대체 뭔데? 왜 너 하나 때문에 내가 이 고생을 해야 하는데? 이딴 식으로 할 거면 때려치워!"

언성은 뒤로 갈수록 높아졌다. 나는 뻣뻣해진 채로 바닥에 납작 엎드려 숨죽였다. 고개가 점점 더 아래로 굽어지고 좁아진 시야에 마룻바닥의 무늬가 켜켜이 새겨졌다. 일그러진 무늬가 얼마 전 나를 향해 날아오던 바퀴벌레의 시선으로 바뀌었다. 혐오스러운 것을 보는 눈빛. 아니, 어쩌면 반대일지도 모른다. 방금 때려죽인 바퀴벌레를 지그시 내려다보는 시선, 그것도 아니라면 확고한 무게를 가지고 짓누르는 엄마의…. 그래, 따지고 보면 처음부터 엄마였는지도 모르지.

너 같은 건 차라리 없었더라면! 엄마의 눈이 줄곧 그렇게 말하고 있었잖아.

　나를 올려다보던 것이 혼자 비죽이 웃었다. 볼품없는 데다 흉측하기까지 한 네 모습을 봐. 도대체 너한테 봐 줄만한 구석이 어디 있어? 유일하게 공부, 네가 할 수 있는 건 그거 하나뿐이잖아. 하지만 보란 듯이 실패했지. 네 가치를 증명하지 못한다면 네가 우리들과 다를 게 뭐야? 세상의 온갖 가치 있는 것들에게 밀려나 잉여의 공간에 비집고 들어 그저 살아있기만 한 무가치한 존재들. 너나 우리나 이대로 사라져 버려도 누구 하나 신경이나 쓸까? 오히려 모두가 후련해 하겠지.

　침묵, 머리 위로 매서운 침묵이 쏟아졌다. 약삭빠른 더듬이가 흐느적거리며 혐오 입자의 냄새를 맡았다. 미안해야 하는 건가. 그렇다면 엄마에게 사과해야 하나. 정수리에 달린 눈으로 엄마의 치켜뜬 눈을 힐끔힐끔 쳐다보았다. 피부에서 적갈색 각피가 조금씩 자라났다.

　감시당하고 있는 동안 몸을 움직일 수가 없었다. 바로 곁에서 엄마가 발을 쿵쿵 굴러대도 나는 미동조차 없다. 아니, 더 정확히 말하자면, 피할 곳이 없었다. 그렇기에 구겨진 신문지 뭉치가 나를 내려치기 위해 빠르게 하강하는 걸 그저 쳐다볼 수밖에 없었다. 그게 무력감에 사로잡혔기 때문인지, 아니면 불가항력적인 결과일 따름인지는 끝까지 알 수 없었다. 강렬한 충격이 연약한 몸을 으스러뜨리고, 엄마의 손에 의해 내던져진 성적표는 금세 바닥으로 곤두박질쳤다.

옆방 문을 열자 검정색 바탕 위로 창백한 직사각형이 생겨났다. 한 걸음, 경계를 넘었다. 문을 닫자 칠흑 같은 어둠 속에 혼자 남겨졌다. 내 손은 평소와 달리 킬라도, 비닐장갑도 없이 빈손이었다.

자그락자그락 소리가 나를 둥그렇게 둘러쌌다. 어둠이 자체의 부피를 갖더니 부풀어 증식했다. 울적함이 몸의 자유를 조금씩 앗아갔다. 그러자 충분히 부푼 어둠이 내 어깨에 올라탔다. 어깻죽지가 무겁게 느껴지면서 점점 더 아래로 무너져 내렸다. 다 포기하고 싶은 욕망이 돌처럼 굳어갔다.

네가 대체 뭔데? 이 한마디가 나를 둘러싸고 끊임없이 어슬렁거렸다.

내가 뭐냐니. 문득 나를, 아니, 바퀴벌레를 으스러뜨리던 신문지 뭉치의 압력을 떠올렸다.

내가 뭐냐면, 엄마의 삶 이면에 처박아 두고 밖으로 고개 내밀지 않기만 바라는 그런 존재지. 엄마의 목덜미에 내려앉은 존재. 원치 않았는데 생기고, 지우지 못해 낳고, 꾸역꾸역 책임져야 했던, 지독히 못생기고 고약한 삼출물을 생산할 뿐인 존재. 무언가를 싫어하는 데에 꼭 이유가 필요한 건 아니지 않나. 엄마가 내게 쏟아내는 모든 단어가 제발 시야에서 사라져달라는 애원이란 것쯤은 오래전부터 깨닫고 있었다.

자그락자그락 소리가 조금씩 잦아들고 적막이 주변에 내려앉았다. 수백, 수천 개의 눈동자가 숨죽인 채 나를 관찰하고 있었다. 캄캄한 어둠이 잘게 쪼개진 입자가 되고, 그것들 하나하나가 실은 바퀴벌레일지도 모른다는 생각이 들었다. 나는 지금 절대로 발을 들일 수 없는, 여태껏 이면 세계라 생각했던 장소에 서 있는지도 몰랐다. 하지만 그 속에서 나는 혼자인 상태를 존중받았다. 녀석들은 결코 이방인인 나를 건드리지 않았고, 그저 흐느적거리는 채로 내버려두었다. 나는 껍데기만 서 있을 뿐, 내용물은 녹아 흘러 바닥에 흥건히 고였다. 어둠이 그것들을 전부 긁어모아 한 덩어리로 반죽했다.

오래지 않아 완벽히 텅 비어버린 나는 허깨비처럼 가벼운 것이 되었다. 단단한 바닥이 아닌 구름 위에 서 있는 기분이었다. 오늘은 씻고 일찍 자자, 그런 마음으로 발을 뗐지만 생각과 달리 발길은 다른 곳으로 향했다. 다용도실이 아닌, 처음으로 미용실로 통하는 문을 열었다. 불을 켜니 자그락자그락 소리가 거기에도 나타났다 잦아들었다. 벽 거울, 미용 체어, 드라이기, 소파, 화장품 케이스, 사각 티슈, 사방에서 검은 얼룩들이 빤히 쳐다보았다. 어리둥절한 시선 속에 의심이 묻어났다.

세 개의 미용 체어 중 가장 안쪽에 있는 의자에 다가가 바퀴벌레 대여섯 마리를 손으로 툭툭 쳐서 쫓아냈다. 거울 반대편 벽엔 자그마한 구식 텔레비전이 달려 있었다. 방영된 지 오래된 미드를 재방송 해주는 채널을 틀어놓고 의자에 몸을 파묻었다. 외계인의 존재를 믿는 남자 FBI 요원과 믿지 않는 여자 요원이 콤비로 나오는 드라마였다. 화면에선 환각을 일으키는 버섯 때문에 낯선 장소에 떨어진 주인공이 찐득한 점액질에 덮인 채 탈출하려 애쓰고 있었다. 검은 얼룩들은 내내 꼼짝 않고 나를 응시했다.

긴 한숨이 마스크 안을 축축하게 만들었다. 바퀴벌레 킬라의 가느 다란 주둥이 끝에 투명한 약액이 말라붙어 있었다. 여느 때와 다름 없는 빽빽한 소리가 나를 맞아들였다. 내가 왔음을 녀석들에게 알 리려고 온 방의 불을 다 켰다. 내 방, 옆방, 다용도실, 그리고 텅 빈 미용실까지. 처음으로 아무 일 없이 지나갔던 어제가 그들의 오 늘에 영향을 미쳤을까…. 하지만 여전히 그들의 숫자는 변함이 없 었다. 첫날과 똑같은 광경이 또다시 거기에 있었다. 갑자기 무력감 이 두 팔에 매달려 늘어졌다.

나는 그동안 대체 뭘 한 걸까. 납작 달라붙은 녀석들의 생각을 읽을 수 없다. 녀석들에게도 두려움이 있기는 할까? 옆방의 불청객 이 빈손으로 오든, 살충제를 들고 오든, 신경이나 쓰는지 모르겠 다. 돌연 모든 게 하릴없이 가볍게 느껴져 흥 하고 코웃음이 나와 버렸다. 킬라를 바닥에 내려놓고 비닐장갑과 마스크를 벗어 쓰레기 통에 쑤셔 넣었다.

옷을 갈아입고, 빈 도시락 통을 정리하고, 쪼그려 앉아 머리를 감 고, 내 방으로 돌아가는 대신 또다시 미용실로 건너갔다. 전날 앉 았던 세 번째 의자 위의 바퀴벌레 두어 마리를 털어냈다. 어제와 같은 채널에서 여주인공이 실종된 남주인공을 찾아서 뛰어다니고 있었다. 젖은 머리카락이 마르는 동안, 아니, 그보다 더 오래, 멍한 시선을 텔레비전에 두었다.

나를 지켜보던 녀석들에게서 스스로 반걸음 떠났다. 그러자 덧입 고 있던 것들이 가벼워지기 시작했다. 맨몸뚱이만 남았을 때 의식 은 미용실 정문에 굳게 내려진 셔터를 넘어 밖으로 흘렀다. 검붉은 얼룩도, 엄마도, 성적표도, 지희도, 텔레비전도, 어디에도 닿지 않고 먼 곳까지 도달했다.

밖에서 보니 세상은 미용실과 완벽히 분리되어 있었다. 사방이 고요했다. 바깥은 텅 비고 어두컴컴한 평온이 내려앉은 채였다. 자그락자그락 소리가 벽과 바닥을 기어다니고 형광등 불빛조차 소음으로 느껴지는 미용실 안과는 너무도 달랐다. 하지만, 공간의 낭비가 아닌가. 세상이 너무 침묵으로 덮여있고, 또 너무 성기다고 생각했다. 죽여도 죽여도 금세 빈 곳이 채워지는 그런 빽빽한 세계에서 사는 녀석들은 적어도 그렇게 생각하지 않을까.

벽에 붙은 바퀴벌레 두어 마리가 꼼지락거리는 바람에 밖을 떠돌던 의식이 제자리로 돌아왔다. 텔레비전 화면 속에서 여주인공이 빈사 상태에 빠졌다 간신히 눈을 뜬 남자 요원의 목덜미를 강렬하게 끌어안은 참이었다. 흰 형광등 불빛이 빈틈없이 꽉꽉 들어찬 미용실 내부는 그래도 따뜻했다. 녀석들의 세상은 아마도 몇 겹으로 중첩되어 있고, 어쩌면 그 중 한 층은 내가 차지하고 있는지도 모른단 생각이 들었다. 그걸 인정하고 싶지 않아서, 우리가 똑같지 않다는 확신이 필요해서 밤마다 킬라를 들고 발버둥 쳤던 걸까.

매일 밤 미용실로 가서 세 번째 미용 체어에 앉았다. 의자 위의 적막을 털어낼 때마다 킬라의 검은색 뚜껑 위에 먼지가 한 겹씩 내려앉았다. 몇 시즌을 지나면서 미스테리한 사건을 추적하던 FBI 요원들의 얼굴에도 잔주름이 생겼다. 그러다 어느 날 상상조차 해보지 못한 순간이 찾아왔다. 옆방 문턱을 넘으려다 돌연 발을 멈췄다. 위화감 때문이었다. 그곳에 당연히 있어야 할 것이 없었다.

소리가 들리지 않았다. 손톱으로 책상을 빠르게 두들기는 듯한 자그락자그락 소리. 불을 켜니 누런 벽지 위에 점점이 찍힌 얼룩들은 여느 때처럼 그곳에 있었다. 하지만 나를 빤히 쳐다보지 않았다. 그저 똑같은 자리에서 똑같은 모습으로 혼자만의 생각에 골몰하거나 느긋한 일상을 이어가고 있을 뿐이었다. 머리를 한 대 맞은 것 같았다. 티끌만 한, 하지만 중대한 변화가 섬광처럼 번쩍이며 눈에 들어왔다.

언제부터였을까? 세 번째 미용 체어 위에 바퀴벌레가 안 보이기 시작한 것은.

수도꼭지에서 물이 쏟아지고 그릇이 달가닥거리는 소리, 개수대 주변에서 몇몇 녀석이 내가 하는 행동들을 구경하고 있었다. 한낮의 피크닉이라도 즐기는 것처럼 녀석들의 더듬이가 한가롭게 흔들렸다. 나를 궁금해하는 건가, 설거지하는 내내 우리는 서로를 흘끔흘끔 바라보았다. 슬리퍼를 신고, 고무호스를 들어 머리를 감고, 베이비파우더 향이 나는 타원형 비누에 손을 비볐다. 내 슬리퍼와 고무호스와 비누에는 녀석들이 붙어있지 않았다.

발바닥에 닿는 미끈한 감촉을 두려워하며 걸음을 내디딘 게 언젠지 까마득했다. 비명을 내지르거나 벌거벗은 채 허우적대지 않은 지도 한참 되었다. 그동안은 내가 녀석들에게 익숙해진 거라고만 생각해 왔다. 시선이 세 번째 미용 체어 위에 한참 머물렀다. 얼룩이 점점이 찍힌 다른 의자와는 달리 텅 비어 있는 시트를 보며 마음이 일렁이기 시작했다. 설마 나를 위해 비워둔 걸까. 남의 집을 방문한 손님처럼 어색한 동작으로 등받이에 몸을 기대었다. 의자에서 삐걱 소리가 났다. 고개를 젖히자 천장에 달라붙은 녀석들 중 몇몇과 눈이 마주쳤다. 예전이라면 부산히 흔들리는 더듬이를 보며 경계하고 있다고 여겼을 터였다. 하지만 거기 있는 건 나를 내려다보는 흐뭇한 얼굴들이었다. 정말로 그들이 내 자리를 존중해 준 걸지도 모른단 생각이 들기 시작했다.

뒷덜미에 스치던 까슬함과 발바닥을 통해 전해지던 등딱지의 미끈함, 내가 기억하는 녀석들의 맨살은 외계생명체처럼 낯설었다. 때론 적대적으로 느껴지기까지 했다. 하지만 이젠 인정할 수밖에 없었다. 마침내 그들과 내가 적당한 타협을 이루는데 성공했음을. 눈에 새로운 필터를 끼운 것처럼 경계선이 보이기 시작했다. 내게 허락된 영역, 그건 꼭 나의 동선만큼 비워져 있었다. 우리는 더 이상 서로의 맨살에 충돌하지 않아도 되었다. 나는 받아들여졌고, 세 번째 미용 체어는 모르는 새 오롯이 내 것이 되어 있었다.

미용실 사방에 흩뿌려진 거뭇한 색의 얼룩들을 처음으로 똑바로 바라보았다. 벽에 달라붙어 있는 녀석들의 넓적다리에 난 짧은 털이 선인장 가시처럼 뾰족뾰족했다. 윤기가 흐르는 반들반들한 몸은 옥수수 껍질 같은 세로 맥이 난 긴 날개로 덮여있었다. 녀석들은 속은 어떨지 몰라도 겉으로는 늘 태연한 표정을 짓고 있었다. 놈들이 날개를 퍼덕이며 나는 모습은 거의 보지 못했다. 음식을 먹는 모습도, 배설하는 것도 본 적 없다. 밤마다 살충제를 뿌려댔어도 벽에 붙어있는 녀석들의 숫자는 변함이 없었다. 내 손에 죽은 놈들의 숫자가 족히 백 마리는 넘었을 텐데도 그랬다. 매일 사라진 만큼 다음날 고스란히 보충되었다.

내가 무슨 짓을 하든, 그들은 똑같았다.

갑자기 마음이 편안해졌다. 녀석들이 매번 꼼짝 않고 납작 달라붙은 이유를 알 것도 같았다. 그래도 괜찮기 때문이다. 내내 나를 짓누르던 두려움이 사라졌다. 난 이곳에 딱 어울리는, 그야말로 제자리를 찾은 듯 꼭 맞단 걸 알게 되었으니까.

불현듯 어깻죽지를 짓누르는 무게가 느껴지지 않는단 걸 깨달았다. 텔레비전의 전원을 끄고 순순히 내 방으로 돌아갔다. 머릿속은 단순해질 대로 단순해져선 실로 간만에 깊디깊은 숙면으로 빠져들었다.

장화, 홍련

수연 언니, 평생 시샘했지만 나의 자랑이기도 했던 언니.
그처럼 반짝반짝 빛나던 언니가
정확히 1년 전 자기 생일날에 죽었다.

"스무 살이 된 걸 축하해, 언니."

긴 생일 초가 두 개 꽂힌 조각 케이크를 책상 위에 내려놓았다. 접시가 달칵 소리를 내는 것과 동시에 촛불이 잠시 흔들렸다. 그 바람에 근처에 있던 액자 위로 주홍의 그림자가 일그러졌다. 그래도 사진 속의 언니는 여전히 웃고 있다.

언니와 나는 생일이 같아 항상 함께 파티를 했다. 하지만 늘 초는 언니의 나이만큼 꽂았다. 내 나이보다 하나 더 많은. 만약 언니와 생일이 달랐더라면 엄마는 내 생일 파티도 열어주었을까. 그건 매번 궁금했지만 대답을 듣고 싶지는 않은 질문이었다. 언니는 어느 곳에 놓여도 어떤 배역을 맡아도 늘 시선을 끌어당기는, 이를테면 주인공 같은 사람이었다. 부모님에게서 좋은 부분만을 쏙쏙 빼서 언니가 차지하고 남은 부분은 내가 가진 것처럼 우리는 너무나 달랐다. 수연 언니, 평생 시샘했지만 나의 자랑이기도 했던 언니. 그처럼 반짝반짝 빛나던 언니가 정확히 1년 전 자기 생일날에 죽었다.

언니, 넷이던 게 셋이 되니까 그리 허전할 수가 없더라. 늘 좁다고 불평했던 집이 어찌나 텅 빈 것처럼 느껴지던지, 무얼 하든지 간에 공간이 남았어. 언니가 차지하고 있던 것보다도 훨씬 더 큰 공간이 말이야. 여분의 면적을 무거운 침묵이 채우고 있어서 더 그렇게 느껴졌나 봐. 그런데, 이런 말하긴 좀 그렇지만, 사실 언니가 죽은 뒤로 집엔 좋은 일이 많이 생겼어. 넓은 평수는 아니지만 처음으로 우리 집을 갖게 됐거든. 우린 작년 가을에 지은 지 오래된 낡은 빌라에서 ―언니가 기억하는 그 집 맞아― 새집으로 이사했어. 신축이라 깨끗한 데다 전보다 위치도 좋은 곳이어서인지 엄마 아빠 표정도 많이 밝아졌어.

하지만 말이야, 난 아직도 작년 6월 14일이 어제처럼 생생해. 우리의 생일이자 처음으로 넷이 함께 가족 여행을 갔던 날. 들떠 보이는 세 사람 사이에서 난 여전히 흐릿한 그림자 같았지만, 그래도 내심 푸르른 바다를 보니 설렜어. 뜨겁게 달궈진 하얀 모래사장에 쪼그리고 앉아 언니와 아빠가 물장난치는 모습을 한참 구경했지. 파란 바닷물이 허공에 흩뿌려지면서 보석처럼 빛났고, 언니의 웃음소리는 그보다 더 환하게 반짝였어. 가만히 있으려니 팔과 정수리에 쏟아지는 열기를 참을 수가 없어져서 혼자 모래성을 쌓기 시작했어. 모래성이 커져 갈수록 아빠와 언니의 웃음소리가 의식 속에서 점점 멀어졌지.

그게 찬란했던 언니의 마지막일 줄이야! 모래를 위로 덧쌓아도 자꾸만 무너져 내릴 때쯤 고개를 들었어. 그곳에 있어야 할 새하얗게 반짝이는 두 사람은 간데없고, 돌덩이처럼 굳은 아빠의 얼굴만 물

위에 둥둥 떠 있었어. 언니를 삼킨 검푸른 바닷물은 아무 일도 없었다는 듯 일렁였고. 뜨거운 햇볕이 순식간에 물기를 말려버려서 열중해서 쌓아 올린 모래성은 하얗게 변해 무너졌어.

"오늘, 언니와 함께 갔던 그 바다에 다시 가기로 했어. 이젠 셋뿐이지만."

액자 속의 언니를 빤히 바라보았다. 내가 기억하는 해변에서의 마지막 모습처럼 활짝 웃고 있었다. 그날 바닷물에 들어갔던 게 나였더라면 결과가 달라졌을까? 물 밖으로 걸어 나오던 아빠의 양손이 시체처럼 늘어져 흔들거리던 게 여전히 선명했다. 언니가 없었으면 하고 생각한 적도 있었다. 하지만 이런 결말을 바란 건 아니었다. 언니가 이런 식으로 내 곁에서 사라져 버릴 줄은. 액자 속의 언니는 활짝 웃고 있는데도 묘하게 무표정처럼 느껴졌다. 언니의 시선이 칼이 되어 내 목을 찌르는 것만 같다. 언니에게 미안해할 필요 없어. 내 잘못이 아니야.

돌연 어디선가 서늘한 바람이 불었다. 바람결에 실려 온 물비린내가 코끝을 스쳤다. 그 바다의 냄새다.

물에 젖은 발소리가 뒤에서 들려왔다. 물기를 흠뻑 머금었지만 투박하지 않고, 가녀린 소녀가 연상되는 여윈 발소리였다. 눈을 크게 떴지만 돌아 볼 용기가 나진 않았다. 식은땀이 이마를 따라 흐르고 심장이 터질 것처럼 달음박질쳤다. 등 뒤에서 발소리가 멈추고 서늘한 기운이 어깨를 타고 넘어왔다. 귓가에 와닿는 선명한 한기는 누군가의 입김이었다.

언제까지 모른 척할 거야? 사실은 다 알고 있으면서.

입안이 바싹바싹 말라붙었다. 똑같은 장면이 다르게 읽히기 시작했다. 아빠와 물장난 치는 언니의 몸짓이 물에 빠져 허우적거리는 몸부림으로 보였다. 애써 외면하고 있던 의문이 또다시 머릿속을 스쳤다. 왜 바로 옆에 있던 아빠는 언니를 구하지 못한 걸까? 재구성된 기억 속에서 아빠가 언니의 어깨와 머리를 물속으로 내리누르고 있었다. 오싹한 한기가 등줄기를 스치고 지나갔다. 언니의 장례식 중에 있었던 일이 떠올랐다. 문득 부모님의 모습이 보이지 않는단 걸 깨닫고 한참 찾아 헤매고 있을 때였다. 계단 쪽 구석에서 목소릴 낮춰 대화 중인 두 사람이 시야에 들어왔다. 엄마? 아빠? 소리쳐 부르려다 말고 입을 꾹 다물었다. 둘의 입가에 만족스런 미소가 떠올라 있는 걸 보았기 때문이다. 숨죽이고 있는 내 귀에 '사망보험금'이란 단어가 언뜻 들려왔다.

물속에 머리를 집어넣은 것처럼 호흡이 가빠져 왔다. 촛불은 한참전에 꺼졌고, 다 타버린 생일초가 녹아 흉측한 모양새로 조각케이크를 뒤덮은 채였다. 액자 속의 언니가 여전히 웃고 있었다. 하지만 조금 전과는 달리 더 이상 차디찬 무표정으로 느껴지지 않았다. 필사적으로 내게 어떤 말을 걸어오고 있는 것만 같았다. 나도 모르게 몇 발짝 뒷걸음질 쳤다. 그만해, 제발 그만해. 대체 무슨 말을 하고 싶은 거냐고 소리 지를 뻔했다.

똑똑, 방문을 두드리는 소리가 들렸다. 누군가 등 뒤에서 바늘로 찌른 것처럼 화들짝 정신이 들었다. 어느새 아침이 희뿌연 낯짝으로 바뀌어 있었다.

"출발할 시간이야. 이제 나오렴."

나를 부르는 엄마의 목소리가 전에 없이 다정한 색을 띠고 있었다. 눈동자가 천천히 옆으로 구르더니 닫힌 방문에 가닿았다. 나는 선 채로 굳어버린 차디찬 시체 같았다. 죽고 싶지 않다는 생각만이 살아남아 머릿속에서 날뛰는 중이었다.

다음은 네 차례야, 수미야.

◆

퍼뜩 정신이 든다. 감겼던 눈은 튀어나올 듯 커지고, 느리게 뛰던 심장이 달음박질친다. 무의식 상태가 깊었던 만큼 그에 대한 반작용으로 더욱 강렬한 각성 상태가 된다. 말도 안 돼. 내가 잠이 들었다고? 지금 이 상황에? 정신의 각성 상태와는 반대로 몸이 굳어 잘 움직이지 않는다. 부연 안개가 낀 듯 시야가 흐릿하고, 머리가 깨질 듯이 아프다. 지금 내가 놓여 있는 상황에 대한 판단조차 제대로 할 수가 없다.

진정해, 진정해야 해. 일단 눈의 초점부터 똑바로 맞춰봐!

아빠는 여전히 운전 중이고, 엄마는 조수석에 앉아 있다. 좋아, 그럼 이번엔 침착하게 밖을 내다보는 거야. 눈알을 천천히 굴려 여기가 어딘지 확인한다. 간판과 이정표에서 목적지에 관련된 글자들이 자주 눈에 띈다. 벌써 도착이라니, 믿을 수가 없다! 심장이 저 혼자 살아있는 것처럼 펄떡댄다. 아까 분명 엄마 아빠의 대화에 바짝 집중하고 있었어. 그러다 잠깐 휴게소에 들렀고, 화장실에 다녀

온 뒤 엄마가 건넨 음료수를 마셨지. 문제는 차에 탄 후부터 전혀 기억이 없어! 나의 무신경함이 도무지 믿기지 않을 정도다.

"수미야, 일어났니? 피곤했는지, 너무 곤히 자더라."

조수석의 엄마가 뒤돌아보며 눈웃음을 짓는다. 차는 자갈 튀는 소리와 함께 순두부 식당의 주차장으로 들어선다. 핸들을 좌우로 돌리며 아빠가 웃는다.

"여기가 이 근방에선 제일 유명한 맛집이야. 꼭 다시 와 보고 싶더라고."

정확히 1년 전, 여기가 유명 맛집이라며 언니와 아빠가 이야기 나누던 상황과 거의 똑같다. 그때 언니가 앉아 있던 자리에 지금 내가 앉아 있다는 사실만 빼고.

순두부찌개 백반을 주문한 지 십 분도 안 되어 식탁에 음식이 차려진다. 아빠는 식욕이 돋는지 입바람을 후후 불며 뜨거운 찌개를 허겁지겁 먹기 시작한다.

"여보, 천천히 좀 먹어."

살갑게 타박하는 엄마의 눈에서 웃음기가 떠나지 않는다. 나는 뿌연 김이 솟아오르는 시뻘건 국물을 내려다보며 치미는 구역질을 참아낸다. 국물에 둥둥 뜬 희멀건 순두부 덩어리와 건더기들이 걸쭉한 피에 반쯤 잠긴 내장 따위로 보인다. 고개를 푹 숙이고 숟가락을 억지로 입속에 밀어 넣는다. 뜨거운 국물에 데어 입천장의 껍질이 벗겨지고 쓰라린 통증이 퍼진다. 맛은 전혀 느낄 수 없고, 오로지 통증만이 선명하다. 맛 같은 건 아무래도 좋다. 다음 목적지가 어딘지에만 신경이 쓰인다.

차창 너머로 짙푸른 색의 가로선이 연이어 나타났다 사라진다. 바다에 가까워지고 있다는 신호다. 시한폭탄의 초침이 심장 속에서 재깍재깍 소리를 낸다. 하지만 바다를 가리키는 마지막 이정표 앞에서 아빠가 핸들을 반대편으로 꺾는다. 쌓아 올린 긴장의 탑이 일순 허물어진다. 아찔한 현기증, 가쁘게 들락거리던 숨이 길게 새어나온다. 엄마 아빠는 마치 진짜 여행 중인 사람들처럼 서두르는 기색이 없다. 저 멀리 원색으로 된 팔각의 정자가 우릴 기다리고 있다.

"아! 너무 좋다, 여기."

계단을 오르는 내내 투덜거리던 엄마의 얼굴에 웃음꽃이 활짝 핀다. 탁 트인 시야 아래 드넓은 호수가 펼쳐져 있고 그곳으로부터 시원한 바람이 불어온다. 나는 절벽 쪽의 정자 난간에 가까이 다가가지 않는다. 팔각 정자의 붉은 기둥과 초록 서까래는 6월의 푸르른 녹음과 완벽한 조화를 이루고 있다. 그런 청량한 풍경조차 내겐 오히려 압박감만 더할 뿐이다. 정자의 강렬한 원색이 나를 에워싸고 사방에서 소리를 질러대는 것 같다. 귀를 틀어막고 싶을 정도로!

엄마가 포즈를 취하면 아빠가 사진을 찍는다. 둘의 얼굴에서 웃음이 떠날 줄 모른다. 애정이 넘치는 부부 사이를 과시하듯 화기애애하다. 속이 메스꺼워진다. 점점 내 추측이 명확한 사실로 확인되는 것 같다. 이건 죽은 언니를 기리기 위한 추억 여행이라고 했잖아. 저렇게 시종일관 즐거워 보여도 되는 거야? 그리움이나 죄책감 같은 건 모두 버린 거냐고. 아니, 애초에, 티끌만큼이라도 슬퍼하기는 했어?

"네 언니 좀 봐라. 애가 다 좋은데 조심성이 없달까. 빌라 계단에서 구른 지 얼마 됐다고, 하여간."

엄마가 눈을 흘기자 언니가 붕대 감은 약지와 소지를 들어 보이며 웃었다. 언니는 정강이 깁스를 푼 지 일주일도 안 되어 이번엔 문틈에 손가락이 끼었다. 그때도 나는, 사실 그 문은 엄마가 닫은 것 아니냐는 말을 꿀꺽 삼켰다. 계단에서 굴러떨어지기 직전에도 언니 뒤에 엄마가 바짝 붙어 서던 걸 곁눈으로 보았다. 그땐 비록 의식하지 못했지만.

수미야.

귓가에서 다정하고 차분한 목소리가 울린다. 질주하던 생각이 제자리에 딱 멈춘다. 기억 속에서 언니의 목소리가 내 이름을 부른다.

수미야. 나중에 내가 대학 가면, 그땐 우리 둘이서 나가서 살까?

언니가 그런 말을 했던 때가 언제였더라. 우리가 서로에게 그리 편한 관계는 아니었는데, 왜 집을 나가 둘이서만 같이 살자는 얘길 하는 걸까.

당시의 난, 언니처럼 햇살 같은 사람은 누구에게도 말 못 할 고민 따위는 하지 않는 줄 알았다. 그런 건, 강한 빛 때문에 발밑에 생겨난 그늘 같은 내 몫이라고만 생각했었다. "정말이야? 둘이 살면 진짜 재밌겠다."라고 키득거리면서도 속으로는 '언니만 없어지면 돼.'라고 말하고 있었다. 그러면 이 집에서 늘 천덕꾸러기였던

164

내게도 자리가 생길지 모른다고 기대하고 있었다. 어쩌면 그때 벌써 언니는 엄마 아빠에게서 어떤 불온한 느낌을 받았고 그 때문에 일찍 독립하려고 마음먹고 있었던 게 아닐까. 하지만, 나를 혼자두고 가는 건 마음에 걸렸던 걸까.

 휘어지고 굽어진 소나무 군락 너머 눈부시게 흰 모래사장과 서늘한 바다가 보인다. 여행이 마지막 목적지를 향하고 있다. 저 멋진 풍경은 1년 전엔 언니의 죽음이었고, 이번엔 내 무덤이 되기 위해 성큼성큼 다가온다. 차가 멈춘다. 뒤엉키는 속내와는 달리 고분고분 차에서 내린다. 엄마 아빠가 다정하게 팔짱을 끼고 앞서 걷는다. 나는 대여섯 걸음 뒤에서 조용히 뒤따른다. 고운 모래가 발밑에서 푹푹 꺼지고 뒤에 남은 발자국은 천연덕스럽게 집어삼킨다. 신발 속에 파고드는 모래알이 까슬거리며 불쾌한 감각을 끊임없이 상기시킨다. 아빠가 신발을 벗는다. 돌아보며 내게도 신발을 벗는게 어떠냐며 권한다. 웃는 얼굴로 내게 커다란 손을 내민다.
 "수미야, 아빠랑 바다에 들어갈래?"
 왔다! 소름이 온몸에 돋아 오른다. 머리가 모래사장보다 더 하얗게 비워진다. 차디찬 죽음이 내게 따뜻한 손을 내밀고 있다. 어서 가자며 티 없이 밝게 웃는 낯으로 부추긴다.
 도망쳐야 해!
 떨리는 입술 사이로 더듬더듬 말이 새어 나온다.
 "저, 무, 물에 못 들어가요. 그, 그날이에요."
 "그날이라니?"

"저… 새, 생리요."

그 순간, 아빠의 민낯이 드러난다. 정지 화면 같은 표정 위로 여러 종류의 감정이 섞여 든다. 당황, 망설임, 무엇에 대한 망설임인지 빤히 보인다. 강제로 나를 끌고 바닷물로 들어가려나? 아니면 포기할 건가? 온몸의 근육에 팽팽히 힘을 주고 아빠를 올려다본다. 아빠가 어떤 결정을 내릴지 숨을 멈추고 바라본다. 이내 아빠의 얼굴에 시뻘건 분노만이 남는다. 이유는 하나, 아빠가 나와 함께 바다에 들어가길 포기한 거다!

아빠의 운전이 점점 더 거칠어진다. 나는 차 뒷좌석에 최대한 몸을 웅크린다. 살얼음판 같은 분위기 속에서 좁은 차 안의 공기가 희박해져 간다. 하지만 나는 오히려 숨통이 트이는 기분이다. 바다에서 멀어질수록 죽음으로부터도 멀어지기 때문이다. 어쩌면 나, 살 수 있을까? 마음속에서 자그마한 촛불이 켜진다. 이대로 집으로 돌아가길 마음속으로 빌고 또 빈다.

"아직 해수욕장이 개장하지 않은 시기라 운 좋게 빈방이 남아있었네요." 호텔 주인이 아빠에게 방 열쇠를 건네며 능글맞게 웃는다. 나는 호텔 입구에 서서 그리 멀지 않은 곳에 있는 시퍼런 해안선을 원망스럽게 바라본다. 숙소는 호텔이라 적혀 있지만 모텔이라 봐도 무방한 허름한 건물로 1층엔 횟집이, 2, 3층엔 객실을 두고 운영하는 곳이다. 관광객들을 상대로 끊임없이 호객 행위를 하던 횟집 사장이 2층 객실로 향하는 우리를 붙잡는다. 훅 끼쳐오는 비린내. 제안을 뿌리치고 계단을 올라가면서 엄마가 노골적으로 인

166

상을 찌푸린다.

203호실에 들어서자 오래된 건물 특유의 냄새가 덮친다. 아빠가 침대 옆에 놓인 작은 테이블 위로 방 열쇠를 던지듯 내려놓는다. 짐을 푸는 동작이 거칠고 신경질적이다. 사실 짐이랄 것도 없다. 애당초, 여행의 처음 계획은 당일치기였기 때문이다. 엄마 아빠 사이에 대화가 끊기고, 아예 서로를 쳐다보지도 않는다. 나는 조용히 화장실로 들어가 문을 닫고 세면대의 물을 세게 튼다. 하지만 손을 씻는 대신 귀를 화장실 문에 바짝 붙여댄다.

"뭐, 생리? 내 참 어이가 없어서."

기다렸다는 듯이 노기 어린 아빠의 목소리가 문밖에서 들린다.

"야이 씨, 그런 거는 니가 알아서 확인했어야지!"

"그게 왜 내 탓이 되는 건데?"

바락바락 따지는 엄마의 목소리가 이어진다. 닫힌 문 너머로 날 선 대화가 몇 차례 오간다. 나는 화장실 문 안쪽에 꼼짝 않고 붙어 서서 숨을 죽인다. 언성이 점점 높아지다 뚝 멈추더니 아빠가 깊디깊은 한숨을 내쉰다.

"하, 이게 진짜 씨발, 그럼 그것까지 내가 하리?"

무언가를 내리치는 둔탁한 소리가 들린다. 억눌린 듯한 억, 소리 뒤에 나지막한 흐느낌이 이어진다. 안에서 다 듣는다, 입 닥쳐라. 아빠의 말은 굳게 악문 잇 사이로 새어 나오는 듯하다. 발소리가 나지 않게 조심하면서 화장실 문에서 멀어진다. 변기 물을 한 번 내린 뒤 요란하게 물소리를 내며 한참 동안 손을 씻는다. 오늘 밤은 구석에 틀어박혀 존재감 없는 그림자처럼 보내야 한다. 죽는 방법이 반드시 '익사' 하나뿐이라고는 볼 수 없으니까.

"허억!"

눈이 크게 벌어진다. 한참 동안 숨을 참고 있던 것처럼 호흡이 거칠다. 말도 안 돼! 내가 또 잠을 잔 거야?

용수철이 달린 인형처럼 벌떡 일어난다. 덮고 있던 얇은 이불이 스르륵 소리를 내며 흘러내렸을 뿐 사방이 조용하다. 호텔 방은 인기척 대신 텔레비전에서 흘러나오는 무심한 소리로 채워져 있다. 엄마 아빠가 어딜 간 걸까? 베란다 쪽 유리문을 가린 커튼을 거칠게 젖힌다. 우리 차가 주차되어 있던 자리가 텅 비었다. 나를 두고 둘이서만 외출했구나. 조금 전까지 턱에 붙었던 숨이 아래로 떨어진다.

하늘이 어두컴컴해서 아직 저녁인가 했는데, 이내 다음 날 아침이라는 걸 깨닫는다. 도무지 믿기질 않는다. 잠든 줄도 몰랐는데, 꼬박 하룻밤이 지나도록 그토록 깊은 잠에 빠져있었다니. 그것도 엄마 아빠가 외출하는 것도 모른 채! 하늘에 낮게 깔린 구름의 모양새가 심상찮다. 저 멀리 보이는 바다의 색이 검정에 가까운 짙은 색을 띠고 있고, 그 위를 훑는 파도가 거칠고 사납다. 넓은 모래사장엔 어제와 달리 오가는 이들이 한 사람도 보이지 않는다. 그제야 혼자서 떠들고 있는 일기예보에 눈길이 간다.

[당초 우리나라를 크게 우회하여 홋카이도를 지날 것이라 예상되었던 이번 태풍의 경로가 예상보다 서쪽으로 기울었습니다. 그로 인해 우리나라 동해상에 적지 않은 영향을 미칠 것으로 예상되며,

현재 경상도와 강원도 해상이 태풍 영향권에 들면서 높은 파도가 일고 있습니다.]

시선이 다시 창밖의 바다 쪽으로 향한다. 모래사장의 경계를 이룬 기다란 소나무들의 가지가 요동치며 거칠게 허공을 쓸고 있다. 어제의 평화로운 분위기와는 180도로 바뀌어 버린 스산한 풍경에 슬며시 가슴이 부푼다. 태풍이 오는 바다에 들어간다? 보는 눈도 있을 텐데 설마.

하지만 희망을 품은 것도 잠시, 불안이 마치 쌍둥이인 양 스멀스멀 자라난다. 태풍 소식에도 왜 우린 아직 여기 있는 걸까. 창밖의 소란과 방안의 적막, 이 둘 사이의 괴리감이 갑자기 스산하게 느껴진다. 손톱을 이로 잘근잘근 씹는다. 도저히 가만히 앉아 있을 수 없어서 좁은 방 안을 서성인다. 낭랑하지만 건조한 여성 기상캐스터의 목소리가 텅 빈 공기 사이로 떠돌아다닌다. 엄마 아빠는 밖에서 뭘 하고 있으려나. 한가로이 여행하는 모습을 떠올리고 싶지만 상상은 자꾸만 섬찟한 방향으로 향한다. 부모님의 부재가 의미하는 바가 대체 뭘까. 고약한 장난을 꾸미는 아이들처럼 어떤 방식으로 나를 죽일지 의논하고 있는 건 아닐까. 들뜬 표정을 숨기지도 못한 채로?

도망칠까? 어쩌면, 지금이 도망칠 수 있는 마지막 기회가 아닐까?

고개를 돌려 문 쪽을 바라본다. 머릿속에선 몰래 숨겨온 비상금의 액수와 며칠만 재워달라고 부탁할 친구들의 얼굴이 차례로 떠오른다. 몸 안에서 팽창한 공기의 압력 때문에 가슴이 터져버릴 것만 같다. 벽시계의 초침이 틱, 틱, 틱, 틱, 소리를 낸다. 군데군데 칠이 벗겨지고 거뭇한 얼룩이 묻은 호텔 문을 노려본다. 문을 열고 나가고 싶지만 발이 바닥에 들러붙은 듯 꼼짝하지 않는다. 나를 붙들고 있는 건 의심이다. 내가 무사히 도망칠 수 있을까? 혼자서도 살아갈 수 있을까?

언니라면 망설이지 않고 도망쳤을 텐데. 언니와 함께였더라면, 우리 둘이서 어떻게든 살아남을 수 있었을 텐데. 언니의 마음속에는 차돌 같은 심지가 있어서 꼭 하겠다고 마음먹은 것은 포기하는 법이 없었다. 자그만 체구 어디에 그런 강단이 숨어있는가 하고 깜짝 놀란 적도 많았다. 언니는 강해. 하지만 나는 못해. 나는 결정을 내리는 것도, 실행하는 것도 못해. 심지어 지금 당장 엄마 아빠가 저 문을 열고 들어와서 내 목을 조른대도, 두 발은 숨이 끊어지기 전까지 이 자리에서 떨어지지 않을 거야.

도망칠 수 없다면, 차라리 살려달라고 빌어볼까? 어쩌면, 그래, 엄마에겐 내가 필요할지도 몰라! 오래전부터 대부분의 집안일은 내가 다 하고 있잖아. 내가 없어지면 그걸 체력도 약한 엄마가 해야 한다고. 엄마가 그 사실을 모를 리 없어. 그, 그러니까 엄마한테 매달려 사정하면, 마음을 바꾸실지도 모르잖아? 안 그래?

벽에 걸린 시계가 1시를 가리키고 있다. 하늘은 아까보다 더 어두워진 상태다. 엄마 아빤 왜 아무 연락조차 없는 걸까. 내 앞에선 할 수 없는 이야기를 마음껏 하기 위해 어딘가를 떠돌고 있는 걸까. 뱃속에서 꼬르륵 소리가 난다. 어제 오후부터 아무것도 먹지 못했기 때문이다. 엄마 아빠가 갑자기 돌아올까 봐 두려워 오전 내

내 밖에 나갈 엄두가 안 났지만 이제 한계다. 뭐라도 먹어야 한다.

베란다 쪽으로 난 문을 조금 열고 밖을 내다본다. 우리 차가 주차되어 있던 자리가 여전히 비어있다. 마른침을 삼킨다. 그래도 안심이 안 되어 몇 분 정도 꼼짝 않고 지켜보다 후다닥 방을 나선다. 호텔에 들어올 때 눈여겨 봐두었던 편의점의 위치를 머릿속으로 되짚어 본다. 계단을 뛰어 내려가는 소리보다 심장에서 울리는 소리가 내 귀에 더 크게 들린다. 누군가 뒷덜미를 확 낚아챌 것만 같다. 계산대의 점원이 미심쩍은 눈초리로 나를 흘깃거린다. 간단히 요기할 수 있는 것들을 사 들고 곧장 방으로 돌아온다. 심장이 터질 듯 뛰고 숨이 턱까지 차올라 헉헉거린다. 봉지 안에 든 것들을 보자 여행 이후 처음으로 웃음이 나온다.

삼각김밥을 하나 꺼내 비닐을 뜯는다. 식은 밥을 감싸고 있는 고소한 김 냄새에 급격히 허기가 진다. 손에 든 삼각김밥을 허겁지겁 입속에 욱여넣는다. 어제 뜨거운 순두부찌개를 삼키다 데인 입천장에서 다시 껍질이 벗겨지며 피 맛이 난다. 너무 급하게 먹은 탓인지 목이 메고 가슴이 답답해진다. 오렌지주스 팩에 빨대를 꽂고 단숨에 쭈욱 쭉 빨아들인다. 차가운 시큼함이 목구멍을 넘어가며 막혔던 게 내려간다.

차갑고, 시큼하다? 손에 든 오렌지주스 팩을 물끄러미 바라본다. 이 찜찜함은 뭘까. 갑자기 어제 휴게소에서 엄마가 건넨 주스를 마셨던 게 떠오른다. 그리고 보니 어젯밤에도 엄마가 준 음료수를 마셨었지. 그리고 언제 잠든지도 모르게 정신을 잃었던 기억. 오싹, 턱 밑에 소름이 돋는다.

엄마의 짐이 든 가방을 침대 위에 올려놓고 속을 헤집기 시작한다. 만약 내 짐작이 사실이라면 그게 있을 텐데. 불면증에 시달려온 엄마가 늘 처방받곤 하는 수면제. 짐을 헤집는 내 손이 빨라진다. 있다! 작은 약병에 든 하얀 알약, 엄마가 종종 물 한 잔과 함께 갖다 달라고 하는 그 약이다. 설마 이걸 몰래 음료수에 타서 내게 먹였던 걸까? 등골에 서늘한 한 줄기 바람이 스친다.

오렌지주스. 그날 밤 언니의 시선도 오렌지주스가 담긴 유리컵에 꽂혀있었다.

책상 위엔 엄마가 늦게까지 공부하는 언니를 위해 가져다준 참치 샌드위치와 오렌지주스가 놓여 있었다. 먹지도 않고 왜 쳐다보고만 있는 거야? 침을 꼴깍 삼키며 저건 내 몫이 될 수 없단 사실만 곱씹고 있던 나는 삐딱한 시선으로 언니를 흘끔거렸다. 골똘히 생각에 잠긴 듯하던 언니가 자리에서 벌떡 일어나더니 오렌지주스를 창가에 놓인 화분에 부어버렸다.

"그걸 왜 거기다 버려?"

나도 모르게 새된 목소리를 냈다. 언니는 날 돌아보면서 "다이어트 때문에. 엄마한텐 비밀이야."라며 한쪽 눈을 찡긋했다. 그 미소의 한편에 서늘함이 드리워져 있었는데 그땐 그걸 보지 못했다. 언니 역시 차갑고 시큼한 맛 뒤에 감춰진 음흉한 속내를 들여다보고 있었던 걸까.

그날 밤의 언니처럼 내 시선도 손에 쥔 엄마의 약병에서 떨어지지 않는다. 손가락에 힘이 들어가고 눈에 불이 켜진 듯 열감이 느껴진다. 약병을 벽에 던져버리고 싶은 충동을 이 악물고 참아낸다.

엄마에게 살려달라고 빌어보겠다는 것이 얼마나 순진한 생각인지 그제야 깨닫는다. 나를 죽이려는 계획은 얄팍한 동정심 따위가 끼어들 틈 없는 확고한 종류의 것이다. 두 사람은 내가 바다에 들어가지 않겠다고 버티면 수면제를 먹여서라도 바닷물에 집어넣을 거다.

엄마 아빠에게서 뭘 기대했던 걸까? 왜 보고도 못 본 척, 애써 부정해 온 걸까? 언니의 죽음 이후에 그 둘이 어땠는지 누구보다 잘 알고 있었으면서. 어떤 식으로 느슨해지고 또 어떤 식으로 날카로워져 갔는지 전부 보았으면서.

"에이 씨, 까다롭기는! 자기 애새끼들 밥 차리는 것도 귀찮아서 김밥 사 먹이는 주제에 바라는 건 좆나게 많아."

출입문이 닫히자마자 계산대에 서 있던 아빠가 거친 어투로 욕설했다. 아이를 데리고 왔던 여자 손님이 김밥이 커서 먹기 힘들다며 불평을 하고 돌아간 직후였다. 가게에 딸린 조그만 방에서 인터넷 강의를 듣고 있던 나는 조심스레 볼륨을 줄였다.

"종일 김밥 말아 팔아봤자 남는 것도 없는데."

"그래도 집 샀잖아. 사실, 보험금 덕분이지만."

엄마의 어투는 아빠를 달래기보다 비아냥대는 것에 가까웠다.

"애들 거, 뭐 얼마 된다고. 이럴 줄 알았다면 더 들어놨어야 하는 건데."

그런 뒤에 아빠가 짜증스럽게 덧붙였다.

"보험사, 이 사기꾼 새끼들!"

그 말은 최근 몇 달간 입버릇처럼 내뱉는 말이었다.

귀를 틀어막고 싶었다. 노트북 화면을 노려보는 두 눈에서 불꽃이 튈 것 같았다. 부탁이니 이제 그만해. 보험금 얘기는 그만하고 수연 언니, 제발 언니 얘기를 해줘.

그때처럼 다시 울컥하더니 목구멍에 매큼한 게 걸린다. 해사하게 웃던 언니의 얼굴이 눈앞에 있는 듯하다. 언니는 어떻게 그처럼 마지막까지 침착할 수 있었던 걸까. 체구도 가녀린 언니가 그동안 얼마나 힘들었을까. 내게도 말을 해주지 그랬어. 도와달라고 하지 그랬어.

부모가 자식의 죽음을 바란다니, 그런 생각을 떠올린단 것 자체가 죄를 짓는 것 같았다. 그래서 내 눈으로 본 것들을 계속 외면해왔다. 누가 뭐래도 우린 가족이니까. 그런데, 그렇게 생각한 건 나 혼자였던 걸까? 부모이면서도 자식들을 향한 애정 같은 건 단 한 줌조차 없던 걸까?

엄마 아빠에게 잘 보이고 싶어서 애를 쓰는 어린 내가 떠오른다. 오랫동안 나는, 사랑받을 걸 기대하진 않지만 최소한 미움은 받고 싶지 않았던 어린아이에 불과했다. 시키는 건 뭐든 다 하고 혹여나 작은 실수라도 할까 봐 항상 가슴 졸인 채 살았다. 그런데 고작 나의 가치는 사망보험금 액수에 불과한 걸까? 나의 죽음은 엄마 아빠에게 있어 슬픔이 아닌 희망인 거고?

나는 이대로, 언니처럼 죽어야 하나?

호텔 문의 잠금장치가 열린다. 부산스런 동작으로 엄마 아빠가 호텔 방으로 들어온다. 낡은 벽시계는 저녁 7시 10분을 가리키고 있다.

"다녀, 오셨어요?"

평소처럼 고개를 푹 숙여 인사를 건넨다. 두 사람은 술 냄새와 음식 냄새를 풍기며 제법 흐트러진 모습을 보인다. 둘의 동선에 거치적거리지 않도록 벽 쪽으로 물러선다. 해답을 찾은 걸까, 아빠의 기분이 한결 좋아 보인다. 내 앞을 지나치던 아빠가 평소와 달리 나를 지그시 쳐다본다.

"야, 야. 너도 여행 하니깐 좋지?"

아빠가 실없이 히죽거리며 웃는다. 얼핏 보면 다정한 모양새지만 자세히 보면 그의 기쁨에는 정체 모를 기대감이 묻어있다. 정신이 번쩍 든다. 잠시나마 이대로 죽는 게 나을지도 모르겠단 생각을 했다니. 웃기지 마! 내가 순순히 죽어줄 줄 알고? 두 사람이 서로에게 농담을 던지며 낄낄대느라 여념 없을 때 테이블 위에 놓인 볼펜을 몰래 옷 속에 숨긴다. 나는 끝까지 저항할 거야. 이 여행의 끝을 너희들이 원하는 대로 장식하게 놔두나 봐라!

어두컴컴한 호텔 방안에 텔레비전 소리만 흐른 지 한참 되었다. 나는 바닥에 깐 이부자리 위에서 벽을 향해 돌아누운 상태다. 깊이 잠든 체하며 등 뒤에서 인기척이 들려오기만 몇 시간째 기다리고 있다. 마침내 침대 시트가 부스럭거리는 소리, 이어 조심스럽게 바닥에 내려서는 발소리가 들린다. 보지 않고도 엄마라고 확신한다. 등 뒤에서 훅 끼쳐오는 사람의 체온. 감긴 눈꺼풀 너머에서 어른거리는 그림자. 엄마가 내 눈앞에서 손을 흔들고 있는 게 분명하다.

"잠들었어?"

아빠가 무심히 웅얼거린다. 나는 잠든 사람의 규칙적인 숨소리를 내려고 초집중한다.

"확실히 해라. 또 실수하면⋯."

"알았다니까, 어제보다 두 배로 넣었으니 확실해."

엄마가 삐쭉거리는 어조로 대꾸한다 싶더니 별안간 한쪽 뺨에 날카로운 충격이 날아든다. 눈에 불꽃이 번쩍이는 것 같지만 세상 모르고 잠든 척하는 데 모든 신경을 기울인다. 아주 가까운 곳에서 나지막한 웃음소리가 들린다.

"봤지? 푹 잠들었잖아. 그럼⋯ 오늘 밤에?"

"해야지. 질질 끌다 괜히 눈치채면 더 귀찮아져. 젠장, 술 괜히 마셨나?"

아빠가 코를 킁킁거린다. 엄마가 내게서 멀어지더니 침대에 올라가 아빠 곁에 눕는다. 나는 벽 쪽을 보고 누운 상태 그대로 둘의 행동 하나하나에 귀를 기울인다.

"그러니까 네가 나를 말렸어야지, 지도 같이 처먹고 있어. 하여간 너는."

"어휴, 별일 없을 거라니까 그러네. 당신 차례니까 실수나 하지 말고 잘해요!"

두 사람이 낄낄대는 소리가 들려온다.

"오히려 잘 됐다니깐. 태풍 때문에 나다니는 사람이 하나도 없잖아."

아빠가 나지막한 콧노래로 엉망진창인 곡조를 흥얼거린다. 나는 이불을 덮어쓰고 웅크린 채 긴장의 날을 한 올 한 올 곧추세운다.

밤의 바다는 칠흑같이 어둡다. 태풍 때문에 다니는 사람이 없을 거라 예상했기 때문인지, 아니면 정전을 대비하기 위해선지 흔한 가로등 불빛조차 없다. 소나무의 그림자가 사정없이 허공을 할퀴어 댄다. 아빠 말대로, 들키고 싶지 않은 비밀을 감추기에 더할 나위 없이 좋은 날이다.

흔들리는 아빠의 등에서 김이 모락모락 피어오른다. 후끈한 열기가 등에 업힌 내게 그대로 전해진다. 나는 여전히 축 늘어진 채 자는 척을 하고 있지만 실눈을 떠서 계속 주변을 살핀다. 뒤따라오는 엄마가 세찬 바람이 불 때마다 휘청대는 게 어렴풋이 보인다.

"키만 멀대 같이 크고 삐쩍 마른 줄 알았는데, 이년 이거 왜 이렇게 무거워?"

자꾸만 아래로 늘어지는 나를 추켜올리며 아빠가 구시렁거린다.

바다가 윙윙 소리를 낸다. 발끝에 차가운 물이 닿는 느낌이 난다. 물이 점점 더 위로 올라온다. 바다의 중심을 향해 걸어가고 있는 거다. 다리가 시리다. 물이 내 허리께를 적시고 있다. 거칠어진 파도가 때로 머리 위까지 덮친다. 더 이상 나아갈 수 없는지 아빠가 멈춰 선다. 나를 바다에 내려놓으려는 게 느껴진다. 지금이다! 숨겨두었던 볼펜을 꺼내 온 힘을 다해 허공에 휘두른다. 공격 의도라기보다는 저항의 신호다. 휘두른 볼펜의 끝이 아빠의 몸 어딘가를 스친다.

"아얏!"

던지듯 날 등에서 내려놓은 아빠가 한 발 뒤로 물러선다. 나는 아빠를 마주 보고 두 발로 바닥을 딛고 선다. 어둠 속에서도 확인할 수 있을 만큼 아빠의 얼굴빛이 순식간에 새빨개진다.

"뭐야! 이년, 왜 벌써 깨버린 거야!"

그가 당장에라도 때려죽일 듯한 살기를 띠고 노려본다.

"아빠! 제발 살려주세요! 제발!"

날카로운 외침이 내 귀에 마치 외마디 비명처럼 들린다. 파도를 헤치면서 힘겹게 뒤따라오던 엄마가 고개를 들고 내 쪽을 쳐다본다. 엄마의 표정에 언제나처럼 벌레를 본 듯한 혐오가 깃든다.

"당신, 뭐 하고 있어? 빨리빨리 하지 않고!"

새된 소리로 엄마가 다그치자 아빠의 얼굴이 일그러진다. 그가 한 발 내딛더니 커다란 손을 들어 날 내리치려 한다. 평소라면 그 자리에 서서 내려치는 폭력을 순순히 맞아들였을 거다. 하지만 오늘은 예외다.

"아빠! 제발! 제발 저 좀 살려주세요!"

아빠의 팔에 필사적으로 매달리며 같은 말만 되풀이한다. 아빠의 표정에 당황스러움이 그대로 묻어난다. 손쉬웠을 언니 때와는 사뭇 다를 거다. 살의를 상상도 못 했을 언니와 달리 나는 이미 단단히 각오했다. 나는 오래전부터 모든 집안일을 혼자서 해오고 있고, 어지간한 매질에는 단련이 되어있다. 게다가 지금은 휘몰아치는 태풍의 가장자리에 서 있다. 마른 나뭇가지처럼 약해빠진 엄마나 술에 잔뜩 취한 아빠쯤은 버텨낼 수 있다.

"이년이, 미쳤나? 빨리 안 떨어져?"

머리끝까지 독이 오른 아빠가 내 멱살을 휘어잡는다. 나는 순순히 떨어지기는커녕 오히려 더 강하게 아빠의 팔목을 붙잡고 늘어진다. 나를 뿌리치려는 아빠와 악착같이 매달린 내가 밀고 당기며 힘겨루기한다. 만약 단단한 땅 위였더라면 나는 손쉽게 내동댕이쳐졌을 것이다. 하지만 우리는 시시각각 다가오는 태풍이 장악한, 바다의 거친 손아귀 안에 있다. 사납게 날뛰는 물살이 우리를 바다 밖으로 내쫓으려는 듯 허벅지를 때려댄다. 똑바로 균형을 잡고 서 있는 것조차 쉽지 않다. 아빠가 자꾸만 휘청거린다.

"제발! 제발! 아빠, 제발!"

주문을 외는 듯한 찢어지는 '제발' 소리가 폭풍과 함께 휘몰아친다. 수십 명이 한꺼번에 부는 휘파람처럼 소름 끼치는 바람 소리가 우리 셋을 동시에 휘감는다. 당황하고 조급해진 아빠의 얼굴이 터질 듯 부풀어 오른다. 엄마는 아빠를 돕기는커녕 제 한 몸 가누기도 버거워 보인다.

그때,

바람이 만들어 낸 휘파람 소리 속에 높고 가느다란 웃음소리가 섞여 든다. 들릴 듯 말 듯하던 약한 소리가 점점 더 볼륨을 높여가며 내 귓가에도 흘러든다. 오래전부터 내가 알고 있는, 익숙한 웃음소리다.

언니!

오싹한 한기가 차가운 손가락으로 변해 어깨 위를 기어다닌다. 그래, 언니가 온 거야! 성난 파도가 일으키는 하얀 포말이 물 위에 둥둥 뜬 언니의 얼굴로 보인다. 검은 물결은 넘실대는 언니의 머리카락이다. 수없이 많은 언니의 둥둥 떠다니는 머리들이 소름 끼치는 웃음을 웃으면서 아빠와 엄마의 주변을 맴돈다. 환상과 현실이 뒤엉킨다.

외마디 비명이 들린 것은 깔깔대는 언니의 웃음소리가 귀청을 찢을 정도로 사방에 가득 찼을 때다. 나는 그 비명이 누구의 것인지도 모른 채 서 있다. 어쩌면 내 목구멍에서 나온 건지도. 짧고 날카로운 비명과 함께 마침내 환상이 바다 아래로 흐물렁흐물렁 가라앉아 사라진다. 그제야 번쩍 정신이 든다. 시선을 들었을 때, 위아래로 일렁이는 검은 물 위에 선 것은 단 두 사람뿐이란 걸 깨닫는다.

◆

"정수미 학생, 맞지? 어, 지금 많이 힘든 건 아는데, 물어보는 것 몇 가지만 대답해 줄 수 있을까?"

지척에서 들려온 묵직한 저음에 흠칫 놀란다. 현실로 돌아오자마자 여기가 어딘지를 기억해 낸다.

"너무 긴장하진 마요. 오래 걸리진 않을 거야."

바로 앞에 앉은 남자가 안심시키려는 듯 손바닥을 펴서 내보인다. 내 시선이 남자의 목에 걸린 형사 사원증에 닿는다.

"아버지 성함이 정범철 씨 맞지? 올해 마흔여덟이고. 부인과 함께 초등학교 앞에서 김밥집 운영."

잠시 손에 든 종이에 시선을 두었던 남자가 다시 나를 쳐다본다.

나는 입을 다문 채 고개만 아주 약간 끄덕인다. 그가 어색하게 웃더니 내 쪽으로 몸을 좀 더 기울인다.

"어, 힘들면 천천히 말해도 돼. 그런데 이게 진짜 중요한 거거든? 그러니까 말이야, 그날 바다에서 있었던 일을 다시 한번 더 자세하게 얘기해 줄 수 있을까?"

그날 바다에서 있었던 일. 귓가에 어렴풋한 파도 소리가 들려오더니 점점 또렷해진다. 그날 밤의 차갑고 습한 공기가 주변을 에워싼다. 눈앞에서 형사 모습이 사라지고 거친 바다와 흰 물보라가 어지럽게 뒤엉킨다.

오래 전 옛일 같기도 하고, 방금 전 일인 듯도 하다. 찰나 같기도 하고, 영원 같기도 하다. 죽이려는 욕망과 죽지 않으려는 본능이 거세게 부딪혀 생생히 살아 날뛰던 순간. 거침없는 살의가 예상 밖의 맹렬한 저항을 만나 당황하고, 분노하고, 으르렁대던 순간. 세 사람의 욕망이 그보다 더 거칠게 폭발하던 태풍 전야의 바다 한가운데서 뒤엉키던 그때,

그곳에서 내가 본 것은 무엇이었을까.

마른침 넘기는 소리가 먹먹한 귀를 크게 울린다. 표정이다. 무엇보다 강렬한 인상으로 눈 속에 들어와 박힌 것은 아빠의 표정이다. 정확히는, 아빠의 표정이 바뀌던 순간. 그것은 아빠와 내가 양손을 맞잡고 거칠게 몸싸움하던 중에 갑자기 찾아왔다.

우리 두 사람은 폭발할 듯한 감정의 소용돌이 속에서 거의 이성을 잃은 상태였다. 저항하는 나를 바닷물 속에 처박기 위해 안간힘을 쓰던 아빠가 한순간 석상처럼 굳었다. 그에 놀란 내가 아빠의

얼굴을 올려다보았을 때였다.

　오늘 죽이지 못할 것 같다.

　찰나의 순간 아빠의 시커먼 동공 속에 새겨진 체념을 읽었다. 그 직후 희번덕거리는 아빠의 눈동자가 데구르르 굴러 새로운 목표물로 향하던 것도.

　그럼, 대신?

　아빠의 오른쪽 팔꿈치가 엄마의 아래턱을 가격했다. 거센 파도 속에서 힘겹게 중심을 잡고 있던 엄마는 눈에 흰자위를 뒤집고 넘어졌다. 키보다 높은 물결은 게걸스럽게 엄마의 몸뚱이를 집어삼켜 밀려나는 해수 위로 내동댕이쳤다. 순식간에 엄마가 시야에서 사라졌다.

　"저기, 수미 학생. 혹시 겁이 나서 말을 못 하는 거라면 너무 걱정하지 않아도 돼. 평소 정범철 씨가 가족들을 상대로 폭력을 휘둘러왔다는 증언을 해준 이웃들이 있어. 우리는 정수미 학생을 보호하기 위해 이러는 거야."

　파도 소리가 사라지고 실내의 어수선한 소음이 귓속에 들어찬다. 다시 내 앞에 나타난 중년의 남자 형사는 최대한 친절하게 보이도록 말을 고르는 듯하다. 문득 그의 웃는 입매가 어색한 모양새란 생각을 한다.

　"작년 6월 14일 정수연 학생 사망 때에도 그렇고, 이번 엄미란 씨 사망 사건도 그렇고 단순 사고로 보기에는 이상한 점이 한두 군데가 아니거든. 그러니까, 생각나는 것 있으면 나한테 전부 얘기해 봐요. 우리가 도와줄 테니까, 앞으로는 아무것도 두려워할 필요 없어."

실수였을까.

그게 만약 실수였다면 엄마가 사라진 직후 아빠의 입가에 떠오른 미소는 설명할 수 없겠지. 그리고 엄마의 사망보험금 액수도. 아빠가 언니 때와는 비교도 되지 않을 정도의 보험을 그동안 엄마 몰래 들어온 것 같다는 얘기는 어제 다른 사람에게서 들었다. 그게 아마 경찰에서 의심하게 된 계기 중 하나이면서 가장 큰 이유겠지.

그제야 상념에서 깨어난다. 눈앞의 형사가 초조한 표정을 감추려 애쓰며 내 대답을 기다리고 있다. 그의 눈을 바라보며 천천히 입을 연다.

"그건, 사고였어요. 여행 첫날 잃어버린 제 목걸이를 찾으러 해변에 나갔는데, 태풍에 파도가 너무 거칠어져서, 그런데 엄마가 실수로…."

형사의 눈이 커지더니 숨을 들이킨다. 내 눈에도 훤히 보일 정도로 그의 얼굴에 실망이 스친다. 다급하게 내 쪽으로 의자를 바짝 당겨 앉는다.

"저, 수미 학생. 솔직히 얘기해도 돼요. 이 얘긴 아무에게도 말하지 않을 테니까…."

"엄마는 원래 몸이 약했거든요. 그날도 엄만 바다에서 겨우 서 있는 상태였어요."

"아니, 학생. 다시 한번만 더 정확히 기억을…."

"죄송해요. 전부 제 잘못이에요. 제가 목걸이를 찾아야 한다고 고집을 부려서. 언니의, 하나뿐인 유품이었거든요."

내 눈이 당황한 형사의 눈을 똑바로 쳐다본다. 주변의 소리들이 서서히 바닥에 가라앉아 사그라진다. 갑자기 경찰서 내부의 서늘한 온도가 피부에 전달되며 살짝 소름이 돋는다.

이제 우리 가족은 아빠와 나, 둘뿐이다. 아마 다음번엔 정말 내 차례가 되겠지. 지금쯤 몹시 들떠있을 아빠는 한동안은 만족스러워하겠지만, 언젠가는 다시 목말라하고 분노를 터트리게 될 거야. 내가 죽기 전까지는 절대 멈추지 않겠지. 그런데도 왜 형사에게 사실대로 얘기하지 않았느냐고? 당연한 것 아냐? 만약 아빠가 엄말 살해했단 게 밝혀지면 엄마의 사망보험금은 한 푼도 나오지 않는걸.

참 이상도 하지. 엄마의 사망보험금 말이야. 어제 들은 어마어마한 액수가 뇌리에서 좀처럼 사라지지 않고 맴돌아. 아빠까지 죽고 나면 그건 온전히 내 몫이거든. 애정 따위 있든 없든, 우린 서로에게 하나뿐인 가족이니까. 그리고 자꾸만 궁금해진단 말이지. 만약 아빠가 죽는다면 얼마가 나올까? 내내 두려움에 떨었는데 놀랍게도 지금은 그렇지 않아. 참을 수 없는 궁금증이 내 머릿속을 완전히 장악해 버렸기 때문이야. 도저히 가만히 앉아 있을 수 없고 안달이 나서 몸이 들썩거리는 기분, 아빠도 내내 이랬을까?

결국엔 내 차례가 돌아올 거야. 돈이 부족한가, 하는 생각을 어느 날 문득 아빠가 하게 되는 때. 굳이 그날이 언제 올지 두려워하면서 살 필요가 있을까? 더 나은 해답이 눈앞에 덩그러니 놓였는데 말이야. 솔직히 고백하자면 끝내 경찰이 못 찾은 게 있어. 엄마의 작고 하얀 약병, 그건 아무도 모르게 빼돌려 내 책상 서랍 속에 숨겨두었거든. 목적을 달성한 아빠는 지금 한껏 방심하고 있겠지.

그러니까 언니, 조금만 더 기다리면 돼. 이번에야말로 우린 완벽히 벗어나는 거야.

입가에 슬며시 미소가 떠오른다. 남몰래 기대감이 독버섯처럼 자라난다.
언니의 웃음소리가 다시 귓속에 스민다.

환

너는 왜 가만히 지켜보고만 있었어?

창문을 두드리는 빗방울의 리듬이 잦아졌다. 머리를 틀어 올려 드러난 목덜미에 창틈으로 스민 한기가 닿았다. 빈백소파에 더욱 몸을 깊이 파묻으며 머그컵의 온기를 손바닥으로 감쌌다. 커피향이 거실의 서늘한 공기를 서서히 데웠다.

[비가 내리고 음악이 흐르면 난 당신을 생각해요.]

라디오에서 흘러나오는 오래된 노래가 시선을 자연스레 창으로 이끌었다. 그 너머의 고요한 혼돈. 물방울이 굴러 서로를 향해 모여들거나 흩어졌다. 문득 어릴 적 책상 서랍 한가득 수집했던 유리구슬이 떠올랐다. 실내조명에 반사되어 영롱하게 반짝이는 유리구슬들은 끊임없이 제 몸을 상대에게 부딪쳤다. 투둑투둑 하는 소리 뒤에 남겨진 잔여물들이 빠른 속도로 추락했다.

조곤조곤한 빗소리에 세상의 소리들은 모두 지워지고, 방에서 저 혼자 웅얼거리는 텔레비전의 뉴스 소리만이 평화 속에 간간이 섞였다.

깜빡.

한 번의 눈 깜빡임으로 수백 개의 유리구슬은 눈알로 바뀌었다.

창문에 가득 박힌 번들거리는 눈알이 일제히 나를 쳐다보았다. 당황한 숨소리가 벌어진 입술 사이로 짧게 내뱉어졌다. 관찰자에서 관찰 당하는 자로 순식간에 입장이 뒤바뀌었다. 물고기의 동공처럼 감정 없는 수백 개의 딱딱한 시선. 눈꺼풀이 없는 반구의 눈알은 깜빡일 필요조차 없었다. 무력하게 추락하면서도 차가운 초점은 오로지 나에게만 못 박힌 채였다.

집요하게 따라붙는 시선. 섬뜩한 무미건조함. 한번 눈알로 인식된 수백 개의 원들은 아무리 안간힘을 써도 두 번 다시 유리구슬로 돌아가지 않았다. 심장이 빠르게 뛰기 시작했다. 팔을 타고 오른 소름이 턱 옆까지 퍼졌다. 견디다 못해 빈백소파에서 튕기듯 일어나 커튼을 쳤다. 두꺼운 모직 커튼은 나를 지켜보는 수백 개의 시선을 단단히 차단했다. 두어 번 뒷걸음질 치다 머그컵을 내려놓고 양손으로 팔을 문질렀다. 손바닥에 남은 컵의 온기가 까칠하게 돋은 소름을 서서히 가라앉혔다.

아래턱의 경직이 풀리면서 실소가 새어 나왔다. 좀 전에 느낀 당혹감이 어이없다. 통 쉬질 못했던 대가를 이런 괴상한 방식으로 돌려받을 줄이야. 여러모로 오늘 연차를 쓰기로 한 것은 정말 잘한 결정이었다. 어깨를 한번 으쓱한 뒤 창가로부터 벗어나 식은 커피가 담긴 머그컵을 개수대에 넣었다. 차례로 라디오와 텔레비전의 전원을 껐다. 금세 적막이 어둠과 함께 공기 중에 스몄다.

"나 잔돈 있어. 내가 살게."

미주가 버튼을 꾹 누르자 우당탕하는 요란한 소리가 낙하했다. 미주는 8층에 근무했지만 매번 내가 있는 6층까지 찾아오는 수고를 마다하지 않았다. 복도 끝 구석진 곳에 있는 6층 자판기 앞은 늘 한산하다는 점에서 우리에게 딱 적당한 도피처였기 때문이다. 미주는 내게 묻지도 않고 내 것까지 골랐다. 망설임 없이 '밀키스' 버튼을 누르는 걸 보고 슬며시 입꼬리가 위로 올라갔다.

"오, 어떻게 알았어? 딱 지금 밀키스 생각하고 있었는데."

"너 속 안 좋을 때면 꼭 이거 마시더라?"

미주가 날 향해 한쪽 눈을 찡긋했다. 내가 속이 불편하단 건 또 어떻게 알았을까. 잠깐이지만 홀린 것처럼 그녀의 콧잔등에 살짝 잡힌 주름에서 눈을 떼지 못했다. 미주의 어깨 위에서 머리카락이 가볍게 흔들렸다. 얼마 전 미주는 오랫동안 고수하던 긴 웨이브 머리를 단발로 싹둑 자르고 회사에 나타나 날 놀라게 했다. 하지만 아깝게 왜 잘랐냐는 말은 나오지 않았다. 그날 그녀가 입은 흰 셔츠와 하이힐을 매치한 스키니진 패션이 새 헤어스타일과 너무나도 잘 어울렸기 때문이다. 정말이지, 초여름 하늘 같은 산뜻함에 잠시 넋을 잃었을 정도였다.

"아유, 저 눈 때꾼한 것 좀 봐! 야, 쉬엄쉬엄 해. 죽어라 일한다고 누가 알아주길 하냐?"

미주가 멍한 내 표정에 대고 야유하듯 가볍게 눈살을 찌푸렸다.

"그렇게 심해? 나 어제 연차 쓰고 종일 쉬었는데."

눈을 크게 뜨고 자판기 유리에 비친 얼굴을 이리저리 살폈다. 내 것이었던 동공이 남의 것인 양 되레 빤히 쳐다보았다.

"앞으론 그렇게 꼬박꼬박 연차라도 챙겨. 몸 상하기 전에."

"요즘 우리 팀 분위기 살벌해. 지난주부터 박 부장님이 얼마나 쪼는지, 트집 잡을 거 없나 눈에 불 켜고 다녀서 다들 몸 사리는 중. 벌써 갱년기 오는 거 아니냐며 뒷말까지 나돈다니깐."

"아아, 너희 부장 벌써 소식 들었나 보네."

하여간, 이럴 때만 빨라. 나는 미주의 입꼬리가 미묘하게 비틀리는 걸 보았다. 잠시 망설이는 기색이던 미주가 머리를 내 쪽으로 기울였다. 그녀의 입술에서 새어 나온 뜨뜻한 숨결이 귓바퀴에 닿았다.

"사실, 조만간에 영업1, 2, 3팀 인원 감축이 있을 거란 말이 나왔어. 아직은 인사팀 내에서 쉬쉬하고 있지만."

"뭐? 몇 명이나?"

"아직 결정된 건 없지만, 조정 자체가 아예 없는 말은 아니니깐 한동안 조심하는 게 좋을 거야. 이거 비밀인데 너니깐 특별히 알려준다."

조심하라는 말을 듣자마자 가슴이 서늘해지는 것과 동시에 여종우 대리가 떠올랐다. 왜 지금 종우 선배의 얼굴이 떠오르는 걸까. 미간에 힘이 들어가며 시야가 한 점으로 좁혀졌다. 미주가 짧게 한숨을 내쉬더니 내 어깨를 두드렸다.

"야, 힘 좀 빼. 너 그렇게 정색하니깐 내가 괜히 겁준 것 같네."

시야가 원래대로 돌아오면서 미주가 싱긋 웃는 게 눈에 들어왔다. 그 미소를 보자 어깻죽지에 힘이 풀렸다.

"그거도 그거지만, 그래도 너 몸은 챙겨가면서 일해. 무슨 이십

대 얼굴색이 반송장 같을 일? 암튼 인원 감축 얘긴 모른 척해. 나
간다!"

"땡큐, 이따가 치맥 쏠게. 마치고 봐!"

미주의 등 뒤에 대고 외치자 그녀는 돌아보지도 않고 한 손으로
오케이 사인을 만들어 보였다. 연청색 스트라이프 셔츠 끝이 엉덩
이쯤에서 흔들렸다. 엘리베이터로 향하는 그녀의 경쾌한 걸음걸이
를 지켜보다 문득 캔을 쥔 손이 얼얼하다는 데 생각이 미쳤다. 따
지 않은 밀키스의 겉면을 쓸자 물기가 손바닥을 흥건히 적셨다.

영업1팀 사무실로 들어서자마자 멀리 책상 칸막이 너머로 남자의
시선과 부딪혔다. 못 본 척 눈길을 피하려 했지만 여종우 대리가
목을 길게 빼고 나를 뚫어져라 보고 있어 그러지 못했다. 대학 선
배이기도 한 그의 얼굴이 마치 벗어놓은 뱀의 허물이라도 되는 것
처럼 마주보기 힘들었다. 마지못해 고개를 까닥이자 그제야 느물거
리는 시선이 칸막이 뒤로 사라졌다. 나도 모르게 미간을 찌푸렸을
지도 몰라, 자리로 걸어가는 내내 신경이 쓰였다. 책상 한쪽에 캔
을 내려놓는 소리가 유난히 크게 들렸다. 명치쯤에 물컹하고 끈끈
한 덩어리가 걸린 채였다.

'너 속 안 좋을 때면 꼭 이거 마시더라.'

미주의 목소리가 손바닥으로 변해 등을 쓸어내렸다. 그녀의 마음
씀씀이는 세심하지만 요란스럽지가 않아서 동갑인데도 꼭 서너 살
위인 것처럼 느껴졌다. 이러니 내가 조미주의 매력에서 헤어 나올
수가 없지. 쓴웃음과 함께 명치에 걸린 덩어리나 종우 선배의 시선
같은 것들을 털어내었다. 곧 컴퓨터 자판을 두드리는 무미건조한

소리가 책상 위를 촘촘히 메웠다.

또르르르. 톡.

맺혀있던 물방울이 무게를 견디지 못하고 아래로 굴러떨어졌다. 거의 동시에 관자놀이를 따라 땀방울도 굴렀다. 시야 한구석에서 수많은 반구의 시선이 날 응시하고 있었다. 어제의 그 시선이다. 서늘하게 응시하는 무감각한 시선. 매끄럽던 밀키스의 하얀 표면에 두드러기가 오른 것처럼 물방울이 맺혔다. 그것들 하나하나가 역겨운 내용물을 품은 것 같다.

마른침이 목구멍을 넘어가고 손끝이 저려오기 시작했다. 그쪽을 보지 않으려 필사적으로 노력해도 소용없었다. 태연함을 유지하기가 점점 더 힘들어졌다. 화장지를 뜯어 캔 둘레를 친친 감았다. 그래도 화장지 너머에 여전히 도사리고 있을 그것들로부터 벗어날 수 없었다. 팽창은 계속되고 그로 인해 화장지의 표면에 울룩불룩한 굴곡이 생겨났다. 굴곡이 만들어 낸 기괴한 그림자가 무시할 수 없을 만큼 커져만 갔다.

심장이 터질 것 같이 요동쳤다. 저 속에 든 것이 내가 좋아하는 음료수가 맞나? 저토록 혐오스러운 것이? 그 내용물도 외형과 다를 바 없을 거란 확신이 들었다. 결국엔 죽음에 이르게 하는 끔찍한 고문과도 비슷한 맛. 캔을 들고 자리에서 벌떡 일어났다. 요란한 의자 끄는 소리 때문에 주변의 몇 사람이 고개를 들어 쳐다봤다. 등 뒤에 따라붙는 시선을 느꼈지만 신경 쓸 겨를조차 없었다. 빠른 걸음으로 사무실을 벗어나 밀키스를 빈 쓰레기통에 집어넣었다. 통 안에서 텅! 하는 소리를 내며 소름 끼치는 괴물의 무리가 사라졌다. 멈췄던 숨을 길게 내쉬었다.

 투명한 유리잔 속에서 흰 거품이 툭툭 터졌다.
 "미안해, 미주야. 치맥 쏜다고 불러놓곤 이상한 얘기만 늘어놓았
네."
 퇴근 시간 이후의 호프집은 슈트 차림의 직장인들로 가득 차 있
었다. 대부분의 사람들은 느슨하게 풀어져 있었지만 우리가 앉은
구석 자리에만 묘한 정적이 내려앉은 채였다.
 "그런데 자꾸 이러니까 미치겠어. 나, 갑자기 왜 이러는 걸까?"
 마른 냅킨을 든 손이 쉬지 않고 움직였다. 새 맥주를 채운 지 한
참 됐지만 유리잔의 표면엔 물방울이 계속 맺혔다. 걱정 반, 의구
심 반이 담긴 미주의 눈길이 연신 맥주잔을 닦는 내 손에 머물렀
다.
 "너 그거 환공포증 아냐?"
 "환공포증?"
 들은 적이 있다. 반복되는 원의 이미지에 대해 혐오감과 공포심을
느끼는 증상. 동그라미가 왜 무섭냐며 코웃음쳤던 기억이 났다. 차
라리 모서리가 무섭게 느껴진다면 그건 이해라도 해보겠는데, 왜
무해함의 상징과도 같은 원이 내게 위협이라도 가하는 것처럼 압
박감을 주는 걸까.
 "그 환공포증이라는 게 없다가 생기기도 하는 거야? 원랜 안 그
랬던 거 너도 알잖아."
 "피곤해서겠지. 아까도 내가 너 눈 때꾼하다고 그랬잖아."

"월급 노예가 피곤한 게 뭐, 하루 이틀 일인가?"

한쪽 입꼬리가 비딱하게 올라가며 실소가 새어 나왔다. 미주가 무언가 생각난 듯 검지를 들어 올리더니 스마트폰을 꺼내 빠르게 자판을 두드렸다.

"환공포증. 어디 보자. 선천적 아니고, 생리적인도 아니고, 트라우마…. 음, 스트레스 때문이겠네. 갑작스러운 스트레스 상황이나 압박감, 과도한 업무 부담 등이 증상을 유발할 수 있습니다."

설명을 읽어 내려가던 미주의 표정에 돌연 미안한 기색이 떠올랐다.

"아, 스트레스? 설마 나 때문인가? 내가 인원 감축 이야기 따월 해서…."

"어제 아침부터 그랬다니깐. 그건 그 얘기 듣기 전인 걸."

"그렇담 다행이고. 원인이 뭘까? 너도 같이 검색해 봐. 왜 이러는지 알아내야 할 거 아냐."

미주의 재촉에 스마트폰을 꺼내 들었다가 갑자기 정신이 들었다. 내가 지금 무슨 얘길 하고 있는 거야? 지금처럼 중요한 시기에. 얼굴이 화끈해졌다. 자판 위에 손가락을 올려만 둔 채 미주의 옆얼굴을 흘깃했다. 환공포증에 대해 검색 중인 미주는 스마트폰 화면에만 집중하고 있었다. 그녀의 눈은 이미 호기심으로 가득 차 있어서 내가 비집고 들 틈이 없었다. 다른 누구도 아닌 하필 미주에게 털어놓다니. 미주가 내게 해 될 일을 할 리는 없지만 그녀 역시 인사팀이라는 사실을 상기하며 짧게 한숨을 내쉬었다.

검색창에 '환공포증'이란 글자를 쳐 넣자 수많은 이미지가 화면 가득 떠올랐다. 맨 처음 본 이미지는 연꽃 씨앗이었다. 숭숭 뚫린 시커먼 구멍 속에 점점이 박힌 씨앗들. 하지만 그것들은 눈알이다. 그리고 그것들은 몰래 훔쳐보는 화면 밖의 나를 발견하고, 물끄러미 쳐다보았다. 예상치 못한 그 시선들에 그만 심장이 철렁했다.

보지 말았어야 했다고 후회했지만 이미 늦었다. 검색창을 닫았어도 시선들은 그대로 남았다. 호프집 안의 왁자한 소음이 썰물처럼 빠져나가고 서늘한 침묵이 대신했다. 물속에 잠긴 것처럼 귓속이 먹먹했다. 눈을 감기는커녕 눈동자조차 움직일 수 없었다. 배경화면의 단조로운 색이 잔상을 완전히 삼킬 때까지 눈알들은 꼼짝없이 나를 사로잡고 있었다.

간신히 눈을 두어 번 깜박였다. 멈춘 것 같던 시간이 갑자기 흐르면서 소음이 밀물처럼 밀어닥쳤다. 누군가 내 이름을 외쳐대고 있었다. 미주가 내 어깨를 잡아 흔들고 있음을 그제야 알았다. 그녀의 얼굴이 심각한 빛을 띠고 있었다.

"야, 너 정말 병원에라도 가봐야 하는 거 아냐?"

미주는 술이라곤 한 모금도 마시지 않은 나를 부축해서 호프집을 나섰다. 아무렇지 않은 척하고 싶었지만 마음과 다르게 두 발은 무언가에 쫓기는 것처럼 자꾸만 꼬였다.

의식이 뚜렷해지자마자 가장 먼저 인지한 것은 갑갑함이었다. 불편함을 넘어선, 공황 상태에 빠질 정도의 공포. 한 치 앞도 보이지 않는 암흑 속에서 소스라치며 눈을 떴다. 나를 둘러싼 어둠이 두터운 이불이라도 되는 것처럼 사방에서 압박해 왔다. 질식할지도 모른다는 두려움이 머리부터 덮쳐왔다.

갑자기 나를 짓누르던 압력이 썰물처럼 빠져나갔다. 바닥에 주저 앉은 직후에 희미하게 떠오른 것은 여자의, 아니 여자아이의 뒷모습이었다. 무릎을 끌어안고 쪼그려 앉은 아이의 어깨에 가지런한 단발머리가 닿을 듯 말 듯했다. 머리카락 밑으로 드러난 새하얀 목덜미에 서늘한 기운이 서려 있었다. 오스스 소름이 돋았다. 입이 얼어 붙었지만 아이를 돌려세우기 위해 천천히 손을 뻗었다. 아이의 표정을 보고 싶었다. 그보다는 확인해야 한다는 강박에 가까웠다.

미주야.

아이와 눈이 마주쳤다. 서로 눈을 마주쳤으니 아이가 고개를 돌린 거라 생각했지만 아니었다. 작고 둥근 뒤통수 한가운데 눈알이 종기처럼 돋아있었다. 깜빡거리지 않는 눈과 검고 반들거리는 눈동자. 목이 바짝바짝 말랐다. 하나뿐이던 눈은 연이어 돋아나 금세 아이의 온몸을 뒤덮었다. 터져 나오는 비명을 막을 수가 없었다. 하지만 머리끝까지 물속에 잠긴 것처럼 비명 대신 뿌글거리는 물거품 소리만 이어졌다.

"허억!"

수면 위로 솟구쳐 오르듯 상체가 침대에서 튀어 올랐다. 깊이 숨을 들이마신 뒤에도 한참을 켁켁거렸다. 탁상시계의 LED 화면은 새벽 3시가 조금 넘은 시각을 가리키고 있었다. 식은땀으로 온몸이 젖어 있었다. 뭐였을까. 크고 작은 눈알들이 아이의 작은 몸을 가득 뒤덮은 장면이 머릿속에서 지워지지 않았다. 가장 끔찍했던 것은 절대로 도망칠 수 없다는 절망감이었다.

한기가 발끝부터 스몄다. 살려달란 말이 목구멍을 터질 듯 채웠던 감각이 여전히 생생했다. 떨리는 손으로 스마트폰을 켜고 미주와의 채팅창을 열었다. 거기서 병원 이름과 주소 하나를 찾아냈다. 호프집에서의 일 이후로 미주는 빨리 진료라도 받아보라며 며칠째 성화였었다. 그럴 것까진 없다며 매번 가볍게 웃어넘겼던 게 후회되었다. 지금은 그것만이 유일한 탈출구처럼 느껴졌다.

병원 대기실에는 나를 제외하고도 네 명의 방문객이 있었지만 각자 스마트폰을 들여다볼 뿐 조용했다. 사방의 벽에 비슷한 모양의 액자가 걸려있었다. 얇은 금색 테두리 안에는 의사의 이력이 빼곡히 적혀있었다. 손가락으로 무릎을 빠르게 두드리다 또다시 벽에 걸린 시계를 쳐다보았다. 소파 시트가 물에 흠뻑 젖은 상태이기라도 한 것처럼 편안하게 몸을 기대어 앉을 수 없었다. 하, 정신과라니. 그 흔한 우울증조차 앓은 적 없던 내게 이 공간은 너무나 낯설었다. 어젯밤엔 분명 절실했는데 지금 와서는 그것조차 악몽의 연장선이었던 것처럼 아득하게 느껴졌다. 대기 시간이 길어질수록 도망치고 싶어졌다. 내게 도움을 주리라는 믿음은커녕 몰래 감시라도 당하는 기분이었다.

"환자분, 진료실로 들어오세요."

막 집으로 돌아가야겠다고 결심하자마자 접수대 안쪽에서 간호사가 내 이름을 불렀다. 상냥하지만 단호한 어조였다.

"어서 오세요. 오래 기다리셨죠?"

의사가 손짓으로 책상 맞은편에 놓인 의자를 가리켰다. 긴 머리를 단정히 하나로 묶은 여의사였다. 희고 둥근 얼굴형에 검은색 안경테가 차분한 분위기를 풍겼다.

"음, 본인이 환공포증인 것 같단 말씀이시죠. 왜 그렇게 생각하시나요?"

의사는 메모지의 빈 페이지를 펼치며 나를 쳐다보았다. 나이를 가늠할 수 없는 깨끗한 얼굴이지만 눈가에만 길고 가느다란 주름이 졌다. 그 눈매가 온화한 인상에 큰 역할을 하고 있었다.

"얼마 전부터 원이 밀집된 모양을 보면 괴로워요. 창문에 맺힌 빗방울이나 찬 음료가 담긴 유리잔의 물방울 같은 거요. 보고 있으면 온몸에 소름이 돋으면서 근질거리는 느낌이 들어요. 심장이 빠르게 뛰기 시작하고 구토할 것처럼 속이 울렁거리기도 해요."

대답을 하면서 거의 무의식적으로 책상 한쪽 구석에 놓인 컵 표면을 흘깃했다. 그러다 의사가 여전히 미소를 잃지 않은 채 나를 지켜보고 있음을 눈치채고 머쓱하게 웃었다.

"언제부터 증상이 시작되었나요?"

"지난주 목요일이에요. 지금처럼 심하진 않았지만 창문에 맺힌 빗방울을 보고 갑자기 소름이 끼쳤어요. 제 기억이 맞다면 아마 그게 처음일 거예요."

"그때의 상황에 대해서 자세히 이야기해 줄 수 있을까요?"

의사가 메모지 위에서 부지런히 펜을 굴렸다. 하지만 온화한 시선은 줄곧 내게 향해 있었다. 그런 모습들은 그녀가 자기 일에 능숙하고 전문적이라는 인상을 주었다. 갑자기 가슴에 걸려있던 한기가 쑥 내려가며 전문가에게 보호받고 있다는 안도감이 퍼졌다. 진료를 포기하고 집으로 돌아갔더라면 어쩔 뻔했을까. 지난 며칠 내내 병원까지 알아봐 주며 지겹도록 잔소리하던 미주를 떠올렸다. 미소가 지어지자마자 문득, 뽀얗고 부드러운 맛의 음료가 든 캔을 내게 내미는 조그마한 아이의 손이 눈앞에 그려졌다.

"오전 내내 가랑비가 내렸고, 라디오에서 흘러나오는 음악을 듣고 있었어요. 비에 관련된 노래였던 것 같아요. 커피 향이 무척 진했던 게 기억에 남고요. 빈백소파에 앉아 창문에 맺힌 빗방울을 한참 보고 있었던 기억이 나요."

"빗방울을 보고 어떤 생각을 했나요?"

"처음엔 어릴 때 수집했던 유리구슬을 닮았다는 생각을 했어요. 예쁘다는 생각이요. 그러다 어느 순간, 갑자기 그것들이 다른 것으로 바뀌었는데….”

별안간 입술이 꽉 다물어졌다. 술술 흘러나오던 말이 입안에서 엉망으로 헝클어졌다. 메모지 위에서 굴러다니던 펜 끝이 멈췄다. 눈빛을 반짝이는가 싶더니 의사는 등받이에 기대었던 상체를 일으켜 내게 가까이했다.

"무엇으로요?"

침을 꼴깍 삼켰다. 눈꺼풀이 얼어붙은 것처럼 깜빡일 수 없었다. 제대로 된 형체를 갖추지 못한 목소리가 목에 걸려 밖으로 나오지 못했다. 의사의 얼굴이 더욱 가까이 다가왔다.

"그래서 무엇으로 바뀌었죠?"

누군가 내 목을 조르기라도 한 듯 숨을 쉴 수 없었다. 도움을 바라며 상대방을 쳐다보았다. 의사의 눈빛엔 면도날 같은 예리함이 언뜻 배어났다. 그녀를 믿어야 한다고 마음속으로 외쳤다.

"누, 눈알…이었어요."

목에 걸린 이물질을 꺼내듯 단어를 힘겹게 뱉었다. 그러자 쪼그라든 폐 속으로 순식간에 공기가 들어와 채웠다. 날카로운 빛을 지운 의사가 아까와 같은 평온한 표정으로 돌아왔다. 그리곤 내 쪽으로 기울였던 상체를 바로 세우고 메모지에 무언가를 끄적였다. 헐떡이는 숨이 천천히 제자리로 돌아왔다. 의사는 차분한 동작으로 펜을 놓더니 의자 바퀴를 끌어 내 쪽으로 다가왔다.

"엄밀히 말하자면, 환공포증은 정신질환으로 인정받은 공포증은 아니에요. 반복되는 원형무늬 패턴에 대한 혐오는 대부분 본능적인 것에 가깝죠. 하지만 학술적으론 질환으로 인정받지 못했다 하더라도 어떤 종류의 공포감으로 인해 일상생활에 지장을 받고 있다면 얘기가 달라지죠. 환자분처럼 말이에요."

안경 너머 눈가엔 다시 웃음기를 띠었고 어조는 부드러웠다. 내가 이해할 시간을 주려는 듯 검지로 코에 걸린 안경을 한번 추켜올렸다.

"트라우마라는 말 들어본 적 있죠? 이런 종류의 공포증들도 무의식 속에 잠겨있던 트라우마가 정신의 수면 위로 떠오르면 갑자기 생겨날 수도 있어요. 어떤 계기로 인해 말이죠. 그럴 경우 대개 환자 본인의 과거와 관련되어 있어요. 특정 개체에 대한 공포라든지, 죄책감이라든지, 충격적인 경험이라든지. 뭐 여러 가지 이유가 있을 수 있죠."

"하지만 그날을 아무리 떠올려 봐도 평소하고 다를 것 하나 없는 평범한 날인 걸요?"

비와 음악과 커피. 그 어디에서 특별함을 찾을 수 있단 말일까? 수백 번도 더 똑같은 하루가 있었다 해도 이상할 것 없는데 왜 하필 그날이었던 걸까. 의사가 특유의 안정감을 주는 미소를 지어 보였다.

"차근차근 기억을 떠올려 보세요. 처음 증상이 나타난 날이나 그 직전의 어느 날, 어떤 환경이나 행동 등이 과거의 트라우마를 일깨우는 작용을 했을 수 있어요. 어쩌면 한 가지가 아니라 조합일 수도 있고요. 그리고 그 해답은 환자 본인만이 알고 있죠. 일단 약을 처방해 드릴게요. 당장의 불안감을 줄이는 데는 도움을 줄 거예요."

과거에서 답을 찾으라는 의사의 조언에 따라, 나는 지금까지의 내 삶에 대해 찬찬히 되짚어 보기 시작했다. 과거의 행적을 샅샅이 뒤지는 것은, 아무리 나 자신의 것이라 해도 생각만큼 쉬운 일은 아니었다. 그것들은 내 마음대로 변형된 형태 그대로 남아있기 일쑤였다. 이를테면, 소지품을 잃어버려서 호되게 혼났던 기억은 그 대상이 아빠가 되었다가 선생님으로 바뀌었고, 잃어버린 것 역시 돈이나 열쇠처럼 중요한 물건이었다 싶다가도 우산 같이 사소한 물건이었던 것도 같았다. 회초리 앞에 섰을 때나 밤길에서 낯선 사람이 뒤를 따라왔던 때처럼 온몸이 얼어붙었던 생생한 기억조차, 막상 이제 와서 생각하면 별것 아닌 것처럼 보이기도 했다. 기억은 과거의 동의어가 아니었다. 완전무결한 필름처럼 채워져 있는 것이 아니라 오히려 편린에 불과한 조각들을 조악하게 모아 놓은 것에 가까웠다. 어쩌면 해답은 숭숭 뚫린 빈칸들 중 한 곳에 숨겨져 있는지도 몰랐다.

갑자기 피로가 머리부터 덮쳐왔다. 밀어닥친 파도의 입속에 들어갔다 나온 사람처럼 눅진한 무력감에 젖었다. 그런 것들보다 더 큰 의문은 따로 있었다. 왜 하필 환일까. 대체 내 삶의 어느 부분에서 환에 대한 공포가 스며들었을까.

"걸으면서 무슨 생각을 그렇게 해?"

옆에서 날아든 남자의 목소리는 나를 노린 일격과도 같았다. 화들짝 커진 눈으로 천천히 길가에 멈춰 서는 승용차를 바라보았다. 운전석에서 느물거리는 미소를 짓고 있던 종우 선배는 내 얼굴을 보자마자 표정이 굳었다.

"아니, 사람을 왜 그런 눈으로 봐? 누가 보면 내가 뭔 짓이라도 한 줄 알겠네."

"아, 죄송해요. 잠시 딴 생각 좀 하느라…."

벌렁거리는 가슴과 얕은 숨을 들키지 않기 위해 살짝 시선을 피했다. 눈살을 찌푸렸던 종우 선배는 이내 친절한 상사의 얼굴로 돌아왔다. 그가 손바닥으로 운전대를 가볍게 두드렸다.

"타요! 내가 집까지 태워줄게."

자꾸만 일그러지려는 입가에 힘을 주어 간신히 미소를 지어 보였다.

"감사하지만 전 그냥 버스 타고 갈게요"

종우 선배의 눈빛에 실망스런 기색이 지나갔다. 다행히 그는 "그래요, 그럼."이라며 한 손을 들어 보이더니 순순히 물러섰다. 차는 멈출 때와 마찬가지로 느린 속도로 출발했다. 나는 종우 선배의 차가 모퉁이를 돌아 사라질 때까지 눈을 떼지 않았다. 차가 떠난 것을 확인하고 안도의 한숨을 내쉬려고 할 때, 툭, 어깨에 무언가가 떨어졌다.

툭, 투둑 툭, 마른 도로와 보도블록과 사람들의 옷 위에 동그라미들이 생겨났다. 눈동자만큼이나 확장된 동공으로 온 세상이 무수히 많은 환들로 채워지는 걸 지켜보았다. 예고도 없이 비가 내리기 시작한 것이다. 난처한 표정을 짓던 사람들이 하나둘씩 뛰었다. 머리에 가방을 이고 달리는 이도, 품에 끌어안고 달리는 이도 있었다. 나는 그들처럼 달리기는커녕 숨을 쉴 수조차 없었다. 질식하지 않기 위해 헐떡이는 게 고작이었다. 우왕좌왕하는 사람들 사이에서 꼼짝 않고 서 있는 건 단 둘뿐이었다.

여자아이가 서 있었다. 꿈에서 보았던 그 아이였다. 눈들이 불쑥불쑥 튀어나와 순식간에 온몸을 뒤덮었던 것처럼 빗방울이 아이의 몸 위에 무수한 점을 찍어대고 있었다. 비에 젖어 축 늘어진 단발머리가 아이의 목덜미에 달라붙었다. 비명을 지르려고 했지만 꿈에서처럼 목에선 아무 소리도 나오지 않았다. 꺽꺽대던 나는 양손으로 머리를 움켜쥐고 바닥에 주저앉았다. 아이는 여전히 뒤돌아선 채 미동도 없었다.

아니야, 미주가 아니야. 나는 어린 시절의 미주를 만난 적이 없어! 아이의 온몸을 뒤덮은 둥근 얼룩들은 깜빡거리는 눈알로 변했다. 호기심 어린 눈으로 나를 뚫어져라 쳐다보았다. 대체 누굴까. 어째서 이 환상은 집요하게 나를 따라다니는 걸까. 무엇 때문에 저런 눈으로, 시커멓게 변해버린 눈동자로 나를 빤히 쳐다보는 걸까.

누군가에 의해 몸이 위로 들렸다. 차 문이 여닫히는 소리가 먼 곳에서 들리는 듯했다.

"갑자기 비가 쏟아지길래 되돌아 와 보길 잘했지. 왜 길바닥에서 이러고 있는 거야?"

종우 선배에 의해 차에 태워지면서도 내 시선은 여자아이에게 고정되어 있었다. 아이는 여전히 비를 맞으며 길에 서 있었지만 어떤 위치에서도 내겐 뒷모습만 보였다. 시트 등받이가 젖혀지며 상체가 뒤로 눕혀졌다. 그제야 아이의 뒷모습이 시야에서 사라졌다. 차창에 붙은 반구의 눈알들이 나를 내려다보았다. 차가 출발하면서 몸에 느껴지던 진동이 정신을 잃기 전 마지막 감각이었다.

가벼운 현기증이 느껴졌다. 부쩍 더워진 탓인지 회사 건물 옥상에는 아무도 없었다. 단색의 하늘을 멍하니 올려다보던 중에 돌풍에 가까운 바람이 귀 옆을 지나쳤다. 난간에 기대어 있는 팔에 소름이 돋았다. 뜨거운 볕이 내리쬐고 있는데도 스산한 기운이 몸을 쓰다듬었다.

그날 밤 희열에 들떠 날 보고 웃던 선배의 얼굴이 의식의 한 귀퉁이에 달라붙은 채였다. 침대 위에서 그는 단순하고 일방적이라 해도 좋을 만큼 자신의 욕망에만 몰두했었다. 가끔은 승리감에 도취된 듯 보이기도 했다. 갑자기 비가 왔기 때문이야. 스스로에게 변명하듯 중얼거렸지만 사실은 그럴 필요조차 없었다. 그것들, 나를 따라다니는 눈들로부터 도망칠 수만 있다면 종우 선배 같은 건 아무래도 좋았기 때문이다. 나는 흰 시트 위에 널브러진 상태에서도 내내 여자아이의 서늘한 뒷모습만 떠올렸었다.

진흙 색의 거머리가 맨살에 들러붙는 느낌이 났다. 피부가 붉어질 정도로 턱과 팔을 신경질적으로 긁어댔다. 환은 어디에나 있었고 예상치 못한 곳에서 튀어나와 날 얼어붙게 만들었다. 그리고 내 눈은 그것들을 두려워하면서도 동시에 쫓았다. 초점은 갈수록 현미경 렌즈만큼 집요해져 아무리 작은 것들이라도 찾아내곤 했다. 점점 피해야 할 것들은 늘어났고 할 수 있는 일들이 줄었다. 날카롭게 날을 세운 초조함이 일상을 벼리고 또 벼렸다.

옥상 출입문이 열리는 소리가 들려 고개를 돌렸다. 단단한 바닥에 부딪히는 하이힐 소리가 평소와 달리 거칠었다.

"폰도 책상에 놔두고, 여기서 뭐 하는 거야? 한참 찾았잖아!"

단발머리가 바람에 펄럭이더니 미주의 상기된 뺨에 연신 부딪혔다.

"너 대체 무슨 생각이야? 너답지 않게 요즘 왜 이러는 건데?"

흐트러진 머리카락 사이로 보이는 일그러진 표정이 낯설었다. 하지만 미주의 표정이나 흥분을 감추지 못한 말투는 내 안에서 어떤 감정도 일으키지 못했다. 나는 오로지 환이 있는지 없는지를 살필 때만 예민하게 반응했다.

"나답지 않게?"

"너와 여종우 대리의 모습을 본 사람들이 있어. 회사 근처에서 만나 같이 차를 타고 사라졌다며? 너 어쩌자고 그런 놈이랑…!"

"그날은 우연히 마주친 거였어. 종우 선배가 날 도와준 거고."

"그럼, 아무 사이도 아니야?"

목소리에 날이 서 있었다. 밝고 경쾌한 평소와 다르게 날카로웠다. 미주는 애써 감정을 억누르는 듯했지만 눈빛의 온도만큼은 숨기지 못했다. 추궁하는 눈길을 견디다 못한 나는 시선을 피해버렸다. 미주가 내 팔의 윗부분을 억세게 붙잡았다.

"여 대리 그 사람, 기혼자 아냐? 대체 무슨 생각으로 그런 거야? 내가 한동안 책잡힐 일 만들지 말라고 경고까지 해줬잖아!"

혈관이 오그라 붙는 느낌, 허벅지와 팔이 근질거리기 시작하더니 빠르게 온몸으로 번졌다. 손톱으로 턱과 목이 이어지는 부위를 긁었다.

"그냥 실수일 뿐이야. 선배하곤 아무것도 없어."

"곧 인사 평가 있을 거란 말이야. 지금이라도 빨리 정리해. 이상한 소문 퍼지기 전에."

미주가 내 팔을 잡고 있던 손을 놓더니 팔짱을 꼈다. 미간엔 여전히 골이 졌지만 한층 누그러진 표정이었다. 나는 살을 긁어대기를 멈추지 않았다. 점점 더 빠르고 강하게 턱과 목과 팔을 벅벅 긁어댔다. 손톱이 지나간 자리마다 붉게 변한 살이 죽죽 부풀어 올랐다.

"그런데 미주야, 네가 뭔데 정리하라 마라야?"

목에서 흘러나온 목소리는 내 귀에도 낯설었다. 미주의 눈이 충격적인 장면을 맞닥뜨렸을 때처럼 크게 떠졌다.

"네가 잘난 건 나도 알아, 안다고. 그런데 말이야, 네가 말하면 나는 무조건 따라야 해? 가족도 없는 불쌍한 년이라고 언니 노릇이라도 하겠단 거야?"

"그게 아니잖아! 나는 그저, 네가, 걱정되니까…!"

"네 눈엔 내가 만만하게 보였나 봐? 그런데 어쩌지? 네가 이래라저래라하는 데에 장단 맞춰주기도 질렸거든."

"그럼 너 이렇게 엇나가는 걸 가만히 지켜보기만 하라는 거야?"

미주의 몸이 흥분을 이기지 못하고 떨렸다. 돌연 숨이 막혔다. 한껏 달아오른 옥상의 열기가 코와 입을 틀어막은 것 같았다. 거칠어진 호흡 때문에 가슴이 들썩거렸다. 눈앞이 빙빙 돌면서 미주의 모습이 기묘하게 뒤틀리고 왜곡되어 보이기 시작했다.

"불륜은 안 돼, 절대 안 돼. 너희 팀 박 부장님이 그런 거에 얼마나 예민한지 잘 알잖아. 너 그러다 짤릴 수도 있어!"

"내가 알아서 한다니깐. 숨 막히게 좀 하지 마."

"야, 이예원!"

미주의 새된 목소리가 공기를 갈랐다. 그 순간 단단한 옥상 바닥이 아래로 꺼지며 끝 모르는 깊이를 가진 구덩이가 되었다. 불시에 날아든 내 이름 석 자 이, 예, 원. 이름에 담긴 세 개의 동그라미가 글자 위로 둥실 떠올랐다.

손끝이 하얗게 질릴 정도로 난간을 꽉 움켜쥐었다. 그러지 않으면 까마득한 허공에서 곧장 아래를 향해 곤두박질칠 게 분명했다. 내 발밑에 뚫린 구덩이는 환이고, 동시에 시커먼 눈동자였다. 그리고 그건 실체도, 한계도 없는 공포였다. 심장이 목구멍으로 튀어나올 것처럼 날뛰기 시작했다.

불룩불룩. 아무것도 없던 공간에서 크고 작은 동그라미가 생겨났다. 원이 거품처럼 부풀어 순식간에 시야를 가득 채웠다. 물줄기가 쏟아지는 샤워기의 구멍이 곤충의 겹눈으로 변해 정수리 위에서 빤히 내려다보았다. 텔레비전 화면 속 역동하는 재규어의 외피에서 수많은 눈알들이 나를 보기 위해 동시에 데굴 굴렀다. 구멍 뚫린 스펀지에서 개구리알 같은 거품이 쏟아져 나왔다. 딸기 표면의 무수한 씨앗은 내 피부로 옮겨와 흉측한 반점으로 새로 돋아났다. 잘린 빵의 단면에 뻐끔뻐끔 뚫린 무수한 구멍들은 수천 개의 눈알을 숨기고 있다가 나를, 자기들을 내려다보는 휘둥그레진 내 눈을, 물끄러미 올려다보았다. 내게 엉겨 붙은 그들의 관심은 시간이 갈수록 더 끈적해져만 갔다.

보지 마, 제발 쳐다보지 마. 도대체 내게 무슨 말이 하고 싶은 건데!

미칠 것만 같았다. 아니, 어쩌면 벌써 단단히 미쳐버린 게 아닌가 하는 생각이 들었다. 그것들로부터 필사적으로 도망치고 있지만 도저히 벗어날 수 없었다. 오히려 내가 도달한 곳은 나를 집어삼키려고 오랫동안 기다려온 구덩이였다. 상상조차 못할 만큼 거대한 생물의 허기진 입이었다. 나는 이미 시커먼 구덩이 속에 한 발을 들여놓았고, 그 끝은 막다른 곳이 분명했다.

[계단에서 기다릴게. 얼굴 보고 얘기하자. 당장.]
화면을 보자마자 비명이 터져 나올 뻔했다. 손으로 입을 틀어막았

다. 스마트폰의 전원을 끄고 가방 속에 던지듯 집어넣었다. '당장' 이라는 단어에 쓰인 두 개의 'ㅇ' 때문에 속이 뒤집어졌다. 옥상 바닥이 꺼지면서 생긴 구멍은 하루가 지나도 사라지지 않았다. 나를 졸졸 따라다니며 여전히 내 발밑에 커다란 입을 벌리고 있었다.

엘리베이터 앞을 지나 복도를 가로지르는 발소리가 어지럽게 울렸다. 시선은 줄곧 계단으로 통하는 철문 위 비상구 표시등에 고정된 채였다. 철문이 묵직한 소리를 내며 열렸다 닫혔다. 팔짱을 낀채 층계참 벽에 상체를 기댄 종우 선배는 초조한 기색을 숨길 여력조차 없어 보였다.

"더 얘기할 것도 없어요. 그날 아무 일도 없었던 걸로 해요."

바싹 마른 목에서 모래알처럼 까끌한 소리가 나왔다.

"갑자기 왜 이러는 건데? 이유는 말해줘야 알 거 아냐!"

선배의 언성이 높아지자 목소리의 날카로운 여운이 계단 위아래로 퍼졌다. 나는 고집스럽게 입을 꾹 다물고 반 층 아래 층계참만 노려보았다.

"제발 나 좀 봐. 그렇게 딴 데만 쳐다보지 말고!"

그가 내 어깨를 잡고 억지로 몸을 돌렸다. 냉정함을 잃지 않으려 안간힘을 쓰고 있던 나는 발끝에서부터 치미는 격렬한 분노에 현기증을 느꼈다. 미주의 말이 맞아. 도대체 이딴 인간과 왜 얽혔던 걸까? 천천히 눈동자를 굴려 그의 얼굴을 정면에서 마주했다. 제발 날 좀 내버려둬. 내 꼴을 봐. 난 지금도 간신히 버티고 있단 말이야. 벼랑 끝에 매달려 허공에 발이 달랑거리는 게 선배의 눈엔 안보여?

당황하고 조급해하는 선배의 얼굴이 눈앞에 있었다. 하지만 곧 상처받은 그의 표정은 안중에도 없게 되었다. 예상치 못한 복병이 그곳에 숨어있었다. 그의 피부 위 깨알 같이 빽빽한 모공이 내 눈동자에 선명히 박혀 들었다.

환!

두근. 두근. 두근. 압박이 느껴질 정도로 심장 소리가 귓속을 가득 채웠다. 모공은 환으로 인식되자마자 딸기 표면에 점점이 박힌 씨처럼 확고한 존재감을 드러냈다. 눈코입이 쪼그라들고 커져가는 검은 점이 대신 얼굴을 뒤덮었다. 볼록렌즈 속 이미지처럼 피부가 기괴하게 부풀고 뒤틀렸다. 악의를 품은 검은 모공의 덩어리가 다가왔다 멀어지기를 반복했다. 심장이 미친 듯이 방망이질했다. 물속에 잠긴 것처럼 숨을 헐떡거렸다. 그가 입술을 움직이는 것 같았지만 무슨 말을 하는지 정확히 들리지 않았다. 귓속에는 박동 소리의 여운이 남긴 윙윙대는 잡음만 메아리쳤다.

마침내 커다란 손이 내 머리채를 낚아채 발밑의 시커먼 구덩이 속으로 처넣었다. 나는 새된 비명을 내질렀다. 손톱이 빠질 정도로 미끄러운 우물 벽을 긁어댔다. 목구멍이 유리처럼 산산조각나고 비명은 갈가리 찢어졌다. 선배 얼굴을 완전히 덮어 버린 눈알들이 그런 나를 보고 낄낄대며 웃었다.

그가 가까이 다가온다. 성급한 태도로 날 끌어안으려 시도한다. 무슨 일이 일어나고 있는지 판단할 수가 없다. 나는 소스라치며 양팔을 내뻗는다. 다가오지 마! 묵직한 질량을 가진 것이 떠밀린다. 눈앞에서 휘청대다 균형을 잃고 아래로 곤두박질친다. 몇 차례 구른다. 저 밑 층계참에서 둔탁한 소리가 난다. 하지만 그것에는 이미 관심이 없다. 공포에 사로잡힌 내 머릿속엔 오로지 탈출해야겠다는 절박감뿐이다. 철문을 열고 복도로 뛰쳐나간다. 허둥대는 발걸음이 변칙적인 소음을 만든다. 놀란 눈동자들이 내게로 향한다. 나 역시 쫓기는 사람처럼 에워싼 모든 것에 희번덕, 희번덕거리는 시선을 준다. 모니터에서 수많은 'ㅇ'들이 둥실 떠오르며 나머지 글자들을 지워버린다. 서류에서도, 종이에서도, 어디에서나 마찬가지다.

환은 어디에든 있었다.

미친 듯 복도를 내달렸다. 목적지가 어딘지도 몰랐다. 발걸음이 엉켜 자꾸만 몸이 휘청거렸다. 누군가와 부딪혀 상대와 함께 넘어졌다. 서류가 허공에 날려 이리저리 흩어졌다. 수많은 환들이 팔랑이며 위에서부터 덮쳤다. 눈을 질끈 감고 바닥에 웅크렸다. 양팔로 몸을 감싸고 참을 수 없는 한기에 떨었다. 사람들이 주춤거리며 내 곁에서 멀어졌다. 도움이 절실히 필요했다. 지금 내 곁에 미주가 있어 줬으면 하고 간절히 바랐다.

미주야, 미주야. 나한테 지금 네가 필요해.

복도 저편에서 미주가 걸어오는 것이 보인다. 칠흑 같은 어둠 속에서 비상구를 찾은 듯 희망이 비친다. 하나뿐인 미주. 손을 뻗는다. 지금에라도 용서를 구해야 한다. 네게 할 말이 있어. 내가 너에게 심한 말을 했어. 네게 그러면 안 되는 거였는데. 네 말을 들었어야 하는 건데.

미주의 다정한 얼굴이 점점 가까이 다가온다. 그녀가 선명해진다.

아니, 아니다. 흰 바탕에 달라붙은 수많은 검은 동그라미가 성큼성큼 다가온다. 내 눈을 믿을 수가 없다. 미주의 블라우스다. 작은 동그라미 하나하나가 생명력을 갖는다. 눈알처럼 데구르르 구르는 착각이 든다. 아니, 착각이 아니다. 그것들은 눈이다. '난 다 알고 있어.', '난 전부 다 지켜보고 있어.'라고 말하는 눈.

"무슨 일 있어? 킥, 괜찮아? 킥킥, 어디 아픈 건 아니지? 킥킥키힉, 내게 말 좀 해봐. 키킥킥."

미주의 블라우스에 기생하는 그것들이 말을 걸어온다. 의뭉스럽게도 다정한 말을 한다. 하지만 속내를 온전히 감추지 못하고 킥킥대는 웃음으로 삐져나온다. 미주가 도트 무늬 블라우스를 입고 오다니. 내 증상을 알고 있는, 세상에서 유일한, 내가 믿는 미주가! 고장 난 눈꺼풀이 빠르게 깜빡거린다. 익사 직전의 사람처럼 입을 뻐끔거린다. 그런 내 모습을 보고 블라우스 위의 그것들은 참지 못하고 박장대소를 터트린다. 이죽거리는 눈동자가 기대감을 품고 끈덕지게 따라붙는다. 미주는 내가 모르는 진실에 대해 이미 알고 있는 게 분명하다. 믿었던 미주가 그것들의 편에 서서 내게 고통을 되갚아 주려 한다.

너도 한번 내 입장이 돼 봐.

미주가 그것들과 함께 웃는다.

회사에서 어떻게 뛰쳐나왔는지, 집에까진 어떻게 도착한 건지 전혀 기억나지 않았다. 내 머릿속을 채우고 있는 것은 환으로부터 도망쳐야 한다는 생각, 오로지 그것뿐이었다. 한 줌의 빛도 새어 들어오지 않게 집안의 모든 창문을 닫고 두꺼운 커튼을 쳤다. 아무것도 볼 수 없는 그곳에서 먹지도, 자지도 않고 웅크렸다. 칠흑 같은 어둠 속에서 소음이 어지럽게 파도쳤다. 웃음소리가 잔물결과 함께 밀려와 나를 건드렸다. 그만해, 제발 그만해. 떨리는 손으로 약봉지를 뜯어 한 움큼 입속에 털어 넣었다.

그래도 환은 사라지지 않았다. 어둠으로도 가려지지 않았다. 아무리 희미한 것이라도 점점 도드라지다 걸쭉한 어둠을 뚫고 튀어나왔다. 귀를 틀어막고 눈을 가려보아도 환을 없앨 순 없었다. 캄캄한 시야의 한가운데서 빛나는 원이 저절로 그려지더니 이내 기하급수적으로 늘어났다. 나는 발가벗겨진 채로 그것들의 무리 앞에 놓였다. 시선으로부터 도망칠 수 있는 곳은 어디에도 없었다. 온 사방이 크고 작은 환이다. 검고, 빛나고, 절망을 그려내는 동그라미.

나를 에워싼 무수한 환들 사이에 익숙한 뒷모습이 있었다. 늘어뜨린 단발 아래 창백하고 가느다란 목덜미. 심장이 격렬하게 달음박질치기 시작했다. 그 소리에 귀가 먹먹할 정도였다.

"왜 날 따라다니는 거야!"

소리를 내질렀다. 두려울수록 점점 더 악을 썼다.

"대체 너는 누군데? 날 돌아보란 말이야!"

목구멍에서 침이 그르럭 소리를 내며 끓었다. 극심한 현기증이 머릿속을 휘저어놓더니 손가락으로, 발끝으로 이동했다.

그때였다. 가지런한 단발머리가 아이의 어깨 언저리에서 미세하게 흔들렸다. 착각이 아니었다. 아이의 머리가 천천히 돌아가고 있었다. 늘 침묵에 잠겨있던 아이가 처음으로 목소리를 냈다.

'너는 왜 가만히 지켜보고만 있었어?'

단단한 어둠이 크게 휘청였다. 언젠가 온화한 인상의 정신과 의사가 안경을 추켜올리며 했던 말이 귓가에 맴돌았다.

'트라우마라는 말 들어본 적 있죠? 이런 종류의 공포증들도 무의식 속에 잠겨있던 트라우마가 정신의 수면 위로 떠오르면 갑자기 생겨날 수도 있어요. 어떤 계기로 인해 말이죠. 그럴 경우 대개 환자 본인의 과거와 관련되어 있어요.'

별안간 요란한 소리를 내며 방문이 활짝 열렸다.

나는 방 한쪽 구석에 어깨를 움츠리고 서 있었다. 가쁘게 움직이던 눈동자가 문이 열리자마자 꼼짝없이 얼어붙었다. 몸을 잔뜩 부풀린 성인 여자의 형상이 문틀 안을 가득 채웠다. 여자가 성난 몸짓으로 거칠게 여자아이의 손을 잡아끌어 방에 내동댕이쳤다. 아이의 얼굴은 붉었고 눈물로 범벅되어 엉망이었다. 쿵쿵거리며 방을 나간 여자는 잠시 후에 돌아왔다. 손엔 검은색의 커다란 가방이 들려 있었다. 여자가 가방을 아이 옆에 집어 던졌다.

"이 속에 들어가!"

불호령 같은 목소리에 방구석에서 숨을 죽이고 있던 나는 몸을 움츠렸다. 나도 모르게 소변이 찔끔 새어 나왔다. 그건 커다란 가방이었지만, 떨고 있는 여자아이보다는 터무니없이 작았다. 과연 저 속에 들어갈 수 있을까. 훌쩍이는 아이가 가방에 한 발을 집어넣는 모습에서 눈을 뗄 수 없었다. 가방 속에서 아이가 몸을 한껏 웅크리고 여자가 우악스럽게 지퍼를 닫는데 성공하자 '와, 저기에 들어가는 게 되긴 되는구나.'하고 조금은 신기한 마음까지 들었다.

여자가 들어왔을 때처럼 거칠게 문을 닫고 사라지자 좁은 방안엔 검은색 가방과 나만 남았다. 얼마간은 가느다랗게 훌쩍이는 소리가 새어 나왔지만 오래지 않아 침묵이 대신 그 자리를 채웠다. 지퍼가 약간 벌어진 틈새로 아이의 눈동자가 보였다. 눈동자는 새까만 색이었고 똑바로 나만 쳐다보고 있었다. 나 역시 꼼짝없이 그 눈동자에 시선이 묶여있었다.

바로 그것이었다. 어느 때든 나를 따라다니고, 물끄러미 쳐다보던 환은.

새하얀 번개가 내리쳐 적막을 산산조각 냈다. 몇 시간이고 나만을 바라보던 그 동공. 숨이 멎은 이후에도 꼼짝하지 않던 그 시선. 그것은 아주 어린 시절 놓쳐버렸던 기억의 파편이었다. 그동안 내 주변을 맴돌던 기억들의 아득한 시작.

아아, 언니였다. 저 조그만 가방 속에서 몸을 한껏 웅크리고 있던 여자아이는.

수백 개의 눈동자가 처음 나를 응시하던 순간으로 돌아갔다. 잊고 있던 기억을 끄집어낸 건 비도, 커피도, 음악도 아니었다. 너무나 사소해서 의식의 문은 지나쳐 버렸지만, 저변에 도사리고 있던 무의식의 벽을 뚫고 스멀스멀 침범했던 것.

뉴스에서 흘러나온 목소리 때문이었다.

[충남 한 지역에 사는 40대 여성이 9살 아이를 가방에 가둬 중태에 빠뜨린 사실이 밝혀졌습니다. 경찰에 따르면, 해당 여성은 동거

남의 아들을 가방에 가둬둔 채 3시간 동안 외출했으며, 피해 아동이 가방 안에서 소변을 보자 더 작은 중형 여행 가방으로 옮겨 다시 가뒀습니다.]

비가 내리던 날, 눅진한 커피 향기와 잔잔한 라디오 음악이 버무린 평화 속에서 들릴 듯 말듯 이질적으로 섞여 들었던 뉴스 앵커의 웅얼거리는 목소리. 안타까움을 가장하고 있는 제 3자의 목소리. 가방 속에 들어가 보지 않은 자의 피상적이고 얇디얇은 우려의 목소리. 어린아이의 공포와 절망의 깊이를 절대로 알 길 없는 어른의 목소리.

[경찰 조사에서 피의자는 "가방을 바꿀 당시 피해자의 상태는 괜찮았다."고 진술했습니다. 이어 "저녁 무렵 두 번째 가방에서 피해자의 움직임이 느껴지지 않아서 확인해보니 숨을 쉬지 않아 119에 신고했다."고 입장을 밝혔습니다. 119구급대가 현장에 출동했을 땐 이미 피해자는 심정지 상태였고 한쪽 눈에 멍이 든 것으로 알려졌습니다.]

마치 내가 가방 속에 갇혀있기라도 한 것처럼 잔뜩 몸을 움츠렸다. 작은 어깨와 모아쥔 두 주먹이 딱딱하게 굳었다. 방 한가운데 덩그러니 놓인 검은색 가방은 오래도록 침묵에 잠겨 있었다. 꼼짝 않고 마주 보고 있으면서도 아무것도 하지 않았던 것은 두려움 때문이었다. 나도 언니처럼 저곳에 갇히게 될지도 모른다는 공포. 가방 속의 조그마한 언니는 아무런 말도, 아무런 움직임도 없이 묵묵히 나를 응시하기만 했다. 무겁게 가라앉은 침묵 속에서 마른침 넘기는 소리만 어린 귀를 먹먹하게 했었다.

좁디좁은 가방 속에 갇힌 언니의 마음을 헤아리기엔 그때의 난 너무나도 어렸다. 아니, 어렸기 때문이라고 믿고 싶다. 그게 아니라면, 나는…….

내가 아니라서 다행이야. 어쩌면 저 가방 속에 들어가 있는 사람이 내가 될 수도 있었어. 하지만 내가 아니라 언니여서 다행이야. 언니는, 아마 괜찮을 거야. 지금처럼 아무 소리도 내지 않고만 있으면. 저길 봐. 언니의 눈동자가 아까부터 나를 쳐다보고 있잖아. 그러니까 괜찮은 게 분명해. 나도 입을 꾹 다물고 꼼짝 않고 가만히 있으면 되는 거야. 언니가 가방 밖으로 나올 때까지. 그러니까 괜찮아. 다 괜찮아질 거야, 분명.

작가의 ㅁ

몇 년 전 초여름, 또 다른 아동 학대 사건 기사를 읽었다. 때리고, 굶기고, 방치하고, 잊힐 새도 없이 올라오는 흔하디 흔한 기사. 기사의 서두에 첨부된 CCTV 화면 속엔 들것에 실려 가는 왜소한 남자아이와 노란 원피스를 입은 성인 여자가 있었다. 들것을 옮기는 구급대원들의 동작이 다급해 보이는 것과 반대로 여자는 느긋해 보였다. 스마트폰을 들여다보며, 마지못해 따라가는 듯한 걸음. 그날 종일 노란 원피스가 눈앞에 어른거렸다.

사인은 질식사였다. 캐리어에 갇혀 7시간 넘게 방치되어 있었다고 했다. 며칠이 지나도록 그 사건이 머릿속을 떠나지 않았던 것은 아이를 학대한 방식이 잔혹했기 때문도, 그의 죽음이 다른 숱한 죽음들보다 유독 애달팠기 때문도 아니었다. 나는 엄마의 지시에 따라 7시간이 넘도록 캐리어를 지켜보고 있던, 여자의 두 친자식을 계속 떠올렸다. 그 긴 시간 동안 동생이 갇힌 캐리어와 함께 있으면서 두 아이들은 무슨 생각을 했을까.

까마득한 시간을 거슬러 열일곱 무렵의 나로 되돌아갔다. 고등학생이었던 나는 한참 동안 책상 위에 펼쳐진 문제집의 같은 부분을 노려보고 있었다. 내 방의 공기가 무게와 부피를 갖고서 사방에서 압박해 왔다. 굳게 닫힌 방문 너머에선 잘못했다고, 다시는 안 그러겠다며 막냇동생이 울고 비는 소리가 들려왔다. 눈에서 불꽃이 쏟아지는 것 같았지만 의자에 앉은 채 꼼짝하지 않았다. 문을 박차고 나가 새엄마를 말리는 대신 동생이 오늘도 어제처럼 잘 버텨주기만 빌었다. 조금만 참아 달라고, 몇 년만 견디면 내가 구해주겠다고 수백 번 되뇌었다. 그 자리에서 내가 할 수 있는 건 피멍이 들도록 손등과 팔뚝을 꼬집어 비트는 것밖에 없었다. 늘 그랬듯 문밖에서 동생의 울음소리가 들려오지 않을 때까지.

그런 일은 우리 집에서만 일어나는 거라 생각했다. 세상엔 정형화된 행복이 넘쳐나는 줄 알았다. 지극히 사적인 공간들. 응당 따뜻하리라 믿어지는. 그랬는데 막상 커튼을 젖혀보면 놀랄 만큼 다양한 얼굴들이 거기 있었다. 반듯해 보이는 삶 이면에도 가해자와 피해자와 방관자는 늘 있었다. 그들 셋의 지위가 뒤바뀌거나 때론 경계가 희미할 때도 있었다.

나는 무엇이었을까. 어린 동생을 보호하지 못한 나는 학대를 못 본 척한 방관자였을까, 나 역시 피해자였을까, 아니면 새엄마의 공범이었을까. 무엇이 옳은 행동이었는지는 그 후로도 쭉 알 수 없었다. 답을 모르는 채로 곪은 상처를 덮어두었더니 그럭저럭 아물긴 했다. 있는지 없는지도 모를 흉터로만 남았다.

그런데 글을 쓰기 시작하자마자 해묵은 흉터가 다시 벌어졌다. 외면하려 할수록 점점 더 크게 입을 벌렸다. 예전처럼 덮어 두기만 할 수 없게 되었다. 속살을 드러낸 지점, 나는 그게 바로 나의 출발선임을 깨달았다. 내내 풀리지 않던 의문에 대해서, 어떤 이의 내면에 존재하는, 도무지 이해할 수 없던 순수한 악의에 대해서 질문해야 했다. 그리고 아무리 외쳐도 상대에게 닿지 않던 말을 풀어 놓아야 했다. 나를 먹어달라고, 있는 그대로 사랑해달라고.

비좁은 캐리어 안에서 몸을 웅크린 아이와 그걸 지켜보고 있는 아이를 계속 생각했다. 팔을 꼬집어 비튼 채 시간이 가기만 기다리던 때처럼 뱃속에서 뜨거운 것이 부풀어 올랐다.

어쩌면 나는, 오랫동안 전복을 꿈꾸고 있었던 걸지도 모르겠다.

작년 겨울 단편소설집을 내야겠다고 불쑥 말했을 때, 흘려듣지도 무시하지도 않고 그저 응원해 주셨던 차영민 선생님께 감사드립니다. 덕분에 제 이름이 새겨진 고운 책 한 권이 세상에 나왔습니다. 나의 1호 독자 연, 최초의 글동지 명, 두 사람 덕에 첫발을 디뎠습니다. 언제나 내가 최고라고 말해주는 나의 가족들 춘, 영, 민, 문, 정, 그리고 석, 인. 내가 두 발로 딛고 똑바로 설 수 있었던 것은 오롯이 당신들 덕분입니다. 그리고 세상에서 가장 사랑하는 나의 준, 윤, 나의 보물이자 나의 우주. 무엇보다 영원한 내 편인 성, 네가 없었더라면 나는 끝까지 해낼 수 없었을 거야.

나를 먹어줘

발 행 | 2024년 11월 30일
저 자 | 강규희

펴낸이 | 차영민
편집 | 양준영, 이미소

펴낸곳 | 동네문학
출판사등록 | 2023.06.01(제2023-38호)
전자우편 | dongne0601@naver.com
ISBN | 979-11-93846-26-1(03810)